Walter M. Dobrow

# Schöne Schwester Tod

Ein Lübecker-Bucht-Krimi

Bibliografische Information der Deutschen Nationalbibliothek:
Die Deutsche Nationalbibliothek verzeichnet diese Publikation
in der Deutschen Nationalbibliografie;
Detaillierte bibliografische Daten sind im Internet
Über http://dnb.dnb.de abrufbar.

Herstellung und Verlag BOD – Books on Demand
Norderstedt

ISBN:     9783746082318

# Schöne Schwester Tod

## Mai

Ellen Hamann war froh, dass der Tag endlich vorbei war. Die bohrenden Kopfschmerzen, mit denen sie schon am Morgen erwacht war, hatten sich auch durch die Einnahme von zwei Tabletten nicht abschalten lassen. Zudem hatte ihre Tätigkeit ausschließlich im Schreiben von Berichten bestanden. Immerhin war der Stapel der zwar faktisch abgeschlossenen, aber noch nicht in „Papierform" gegossenen Fälle etwas kleiner geworden.

Sie fuhr ihren Computer herunter, knipste die Schreibtischleuchte aus und stand geräuschvoll auf.

„Ich geh dann mal", sagte sie zu ihrem Kollegen Herbert, „Herbie" Pring, der am anderen Schreibtisch noch über seinen eigenen Akten brütete.

„Warte, ich komm mit", antwortete er.

Ellen Hamann, wie ihr um einige Jahre älterer Kollege Kriminalkommissar, beziehungsweise in ihrem Fall „-in", arbeiteten seit gut einem Jahr zusammen in der Sondergruppe *Organisierte Kriminalität*, da es solche in zunehmender Intensität auch in Lübeck und Umgebung gab. Die nach Osten nunmehr fast offenen Grenzen hatten diese Form des Verbrechens zu enormer Blüte gebracht.

Sie traten zusammen aus dem wuchtigen Backsteingebäude, in das ihr Dezernat während der Umbauzeit des Kommissariats- Mitte ausgelagert worden war. Angemietete Büroräume, zwar nahe des Hauptbahnhofs, aber dadurch in bequemer Nähe zur Untertrave, an der es etliche gemütliche Kneipen gab.

„Noch 'n After-Work-Bierchen?", fragte Pring.

Ellen überlegte kurz. Udo, ihr Mann, würde sowieso noch nicht zu Hause sein. „Warum nicht ...", willigte sie ein.

Während sie das kurze Stück an der Trave entlanggingen, raste ein Einsatzzug der Berufsfeuerwehr mit heulenden Sirenen und Blaulicht an ihnen vorbei. Sie betraten das *Holstenstübchen*, an dessen Theke sie schon oft gesessen hatten.

„Na ihr, wie immer?", begrüßte sie Karen, die Bedienung hinter dem Tresen.

Herbie nickte und bald darauf standen die schäumenden Gläser vor ihnen auf der Theke. Sie tranken schweigend den ersten Schluck.

„Nun sag mal ...", sagte Herbie schließlich. „Was ist los bei euch?"

Ellen zuckte die Schultern. „Das Übliche", meinte sie dann resigniert. „Wir haben uns wohl ein bisschen auseinandergelebt, und in letzter Zeit ... Ich merke, dass mir das so nicht reicht. Da fehlt was ..."

Herbie, der selbst gerade seine Scheidung halbwegs verdaut hatte, nahm noch einen Schluck. „Schichtdienst und Familie", meinte er etwas bedrückt. „Passt wohl nicht."

Fast gleichzeitig klingelten ihre Handys und sie sahen sich an. „War wohl nix mit Feierabend", meinte Herbie noch, bevor sie an den Apparat gingen.

Es war der automatische Alarmruf und Herbie übernahm es, im Präsidium anzurufen. Er trat dazu auf den Gehsteig, denn es war laut im Lokal. Ein weiterer Feuerwehrwagen raste vorbei und Herbie sah ihn hundert Meter entfernt in die

Bäckergrube einbiegen, die nun auch ihr Ziel war. Er kehrte an den Tresen zurück und setzte sich.

„Na?", fragte Ellen.

Herbie nahm einen Schluck, bevor er antwortete. Er wies mit dem Daumen nach draußen. „Die Feuerwehr eben ... Brennt in einer Pizzeria in der Bäckergrube, und die Kollegen vom Revier meinen, das könnte mit unseren Kunden zu tun haben."

Ellen nickte. „Mal sehen – das wäre der dritte Fall in einem Monat – Rekord."

„Auf geht's", sagte Herbie, zahlte das Bier, und sie gingen in Richtung Bäckergrube.

An der Ampel staute sich der Verkehr, denn die Kollegen von der Schutzpolizei hatten die Straße gesperrt. Als sie um die Ecke bogen, sahen sie die pulsierenden Blaulichter. Ein paar dünne Rauchschwaden drangen noch aus dem alten Patrizierhaus, in dem die *Pizzeria Neapolina* sesshaft war. „Sie können hier nicht durch!", herrschte ein aufgeregter Feuerwehrmann sie an und Herbie zog wortlos seinen Dienstausweis.

Die Menge der Feuerwehrfahrzeuge war in diesem Fall Overkill, aber bei Bränden in der eng bebauten Altstadt Lübecks ist immer Großalarm. Die meisten Feuerwehrleute rückten aber bereits wieder ab und zurück blieb ein Fahrzeug mit einer Brandwache. Von außen war nicht viel zu sehen. Eine Scheibe war zersplittert, an der anderen klebte schwarzer Ruß. Ellen und Herbie pressten sich Papiertaschentücher vor den Mund und wollten eintreten, aber das erlaubte der Wehrführer noch nicht. „Tag, Kollegen", sagte Hauptwachtmeister Kollhase, der sie angefordert hatte.

Er kannte sein Revier und die Leute darin gut genug, um zu wissen, dass sich da seit einiger Zeit unschöne Dinge breitmachten. Schutzgelderpressung war nur eines davon.

„Giaco will nichts sagen."

Er wies auf den stumm vor dem Restaurant stehenden Italiener, der seine Frau im Arm hielt.

„Die Albaner?", fragte Ellen, aber Kollhase schüttelte den Kopf. „Ich glaube, das waren die Russen diesmal."

Sie verständigten sich mit einem Kopfnicken, und während Herbie mit Giaco Falcone, dem Wirt, redete, versuchte Ellen, etwas Brauchbares aus seiner Frau Angelina herauszubekommen. Beide standen aber noch unter Schock und wurden daher für den nächsten Tag ins Büro gebeten.

„Sie können jetzt rein", sagte der Wehrführer, und sie betraten die Gaststube.

Es roch stark nach Verbranntem und alles war mit einer feinen Rußschicht bedeckt, aber es sah wohl schlimmer aus, als es war. Der Brandherd lag in einer Ecke, wo einige Tische und Stühle verkohlt waren. Herbie wies auf den Tresen, hinter dem ein Flaschenregal bis zur Decke reichte. Zerschlagene und umgefallene Schnaps- und Weinflaschen, aber hier hatte es nicht gebrannt.

„Baseballschläger", tippte Ellen und Herbie nickte. Die Spurensicherung kam und damit war für Ellen und Herbie erst mal Feierabend.

„Achtet auf Reste von Brandbeschleunigern da ...", wies Herbie die Kollegen auf die Ecke hin, in der es gebrannt hatte.

Sie gingen schweigend nebeneinander her bis zum Parkplatz, verabschiedeten sich und fuhren nach Hause.

Ellen kam gut durch. Um diese Zeit war die Moislinger Allee schon ziemlich leer. Udos BMW stand im Carport und so blieb ihr der Parkplatz an der Straße, wo sie ihren Polo abstellte. Das schmucke Reihenhaus in der Neubausiedlung neben dem Ufer des Travekanals hatten sie vor einigen Jahren bezogen, als alle Zeichen noch auf ewiges Glück und Familie standen.

Ellen seufzte und schloss die Haustür auf. Früher war Udo ihr entgegengekommen, wenn er den Schlüssel gehört hatte ... Sie in den Arm genommen und geküsst. Sie legte ihre Jacke ab und ging ins Wohnzimmer, wo er auf dem Sofa lag.

Er sah sie an und schnüffelte.

„Warst du am Lagerfeuer?", fragte er, ohne Anstalten zu machen sich zu erheben.

„Brandstiftung", sagte sie knapp und ging nach oben, um sich umzuziehen.

Sie merkte, dass auch ihr Haar nach Rauch roch, und unter der heißen Dusche beschloss sie, Udo zu verlassen.


Paul lehnte sich in seinem bequemen Bürosessel zurück und sah aus dem Fenster. Wenn er sich ein bisschen vorbeugte, konnte er den Hafen sehen. Hinter einigen Fischkuttern ragte der Steg vor der ehemaligen Evers-Werft ins fast unbewegte Hafenwasser, und an diesem Steg lagen, eine neben der anderen, seine zehn Segelyachten, die sein Geschäft und Kapital waren und die dort zu dieser Jahreszeit eigentlich gar nicht liegen durften.

Seit fünfzehn Jahren betrieb er die *Lübecker Bucht Yachtcharter*, aber so schlimm wie in diesem Jahr war es noch nie gewesen. Alte Kunden waren ausgeblieben und die Neulinge unter den Chartergästen waren heiß umkämpft und ließen sich von Rabatten der Konkurrenz einfangen, mit denen Paul Schrothoff nicht mithalten konnte.

Die *Hanseat 2*, einer der weißen Ausflugsdampfer der Belis-Reederei, fuhr in den Hafen ein und Paul runzelte die Stirn, weil der Schiffsführer seiner Meinung nach unverantwortlich schnell fuhr und beim Einleiten des Wendemanövers, das ihn an den Kai bringen sollte, einen Wasserschwall verursachte, der die Rümpfe seiner teuren Charterboote aneinanderstoßen ließ.

Das Telefon klingelte und Paul setzte sich aufrecht hin, was er immer tat, wenn er mit einem Interessenten verhandelte. Er befeuchtete die Lippen, sah dann aber im Display, dass der Anruf von seiner Frau Cora kam. Enttäuscht nahm er ab und ließ sich in seinen Sessel zurückrutschen.

„Hallo Schatz", flötete Cora in sein Ohr. „Hoffentlich hast du nicht vergessen, dass wir heute Abend zum Essen mit Gerd und Nina verabredet sind. Wann bist du zu Haus?"

„Bin so gegen fünf da", beschied Paul.

Cora erzählte ihm noch etwas über ein neues Kleid, das sie gesehen hätte, aber Paul hörte nicht richtig zu, und als sie merkte, dass sie sein Interesse nicht wecken konnte, beendete sie das Gespräch.

Paul stand auf und holte sich einen Kaffee aus der Kaffeemaschine im Vorzimmer. Früher – er musste bitter grinsen, denn „früher" war erst drei Monate her – hatte hier Frau Hansen residiert, eine tüchtige Sekretärin, und es war Paul sehr schwer gefallen, sie entlassen zu müssen. Aber es reichte hinten und vorne nicht mehr. Cora hatte er erzählt, dass Frau Hansen auf eigenen Wunsch gekündigt hätte.

Cora wusste noch nichts von der drohenden Insolvenz, die nun beinahe unausweichlich war. Paul erhielt sorgfältig den Schein einer gesunden Firma aufrecht und nur einige Insider spekulierten über die Charterfirma, deren Boote jetzt, mitten in der Saison, am Steg lagen. Cora kam fast nie mehr hierher. Früher hatte sie mitgearbeitet und zugepackt, wo es etwas zu tun gab. Sie und ihre Schwester Nina waren damals, als er Cora kennenlernte, mehrfache deutsche Meisterinnen in der 470er Jolle gewesen.

Ein Foto stand auf Pauls Schreibtisch, das die beiden tief gebräunten jungen Frauen mit Siegerpokalen in den Armen bei der Preisverleihung auf der Travemünder Woche zeigte. Das war nun über zwanzig Jahre her, und während Cora sich fast vollständig vom Wassersport zurückgezogen hatte und nur gelegentlich und wenn ein Boot frei war mit ihm auf einen Wochenendtörn ging, hatte Nina mit Begeisterung die Stelle einer Segellehrerin bei der örtlichen Segelschule angenommen. Sie kümmerte sich besonders um die Jüngsten, die unter ihrer Anleitung mit ihren Optis das flache Wasser neben der Hafeneinfahrt unsicher machten. Nina war nur zwei Jahre jünger als Cora und sah ihr sehr ähnlich, hatte aber schon frühzeitig ihre blonden Haare rot gefärbt, während Cora bei blond geblieben war.

Paul kehrte mit der dampfenden Tasse zu seinem Schreibtisch zurück und stellte sie unachtsam ab, wodurch ein bisschen Kaffee überschwappte. Paul knurrte verärgert und suchte nach einem Papiertaschentuch, um die Pfütze wegzutupfen, die sich auf dem Briefkopf eines Schreibens gebildet hatte. Der

Briefkopf gehörte zu einer Anwaltskanzlei und der Brief war die letzte Mahnung, auf die hin die Pfändung seiner Boote folgen würde ...

Paul hatte nicht bemerkt, dass die Tür sich geöffnet hatte, und erschrak, als Nina von hinten ihre Arme um ihn schlang. Er drehte sich schnell um, nachdem er die Ärmel ihres Segeloveralls erkannt hatte, umfasste sie, und dann küssten sie sich lange und gefühlvoll.

„Nina, Süße ...", flüsterte er, als sie sich endlich voneinander lösten.

Seit zwei Jahren hatten sie nun ein Verhältnis und es war ihnen gelungen, es vollkommen geheim zu halten, was hier in diesem Ort, wo unheimlich getratscht wurde, nicht leicht war.

„Ich hol mir auch einen Kaffee", sagte Nina fröhlich. Paul sah ihr nach, wie sie mit wippendem Pferdeschwanz, zu dem sie ihre langen Haare gebunden hatte, in den Vorraum ging.

Vorsichtig kam sie mit der gefüllten Tasse zurück und stellte sie neben seine auf die Platte. Dabei fiel ihr Blick auf den Brief. Paul wollte ihn schnell wegnehmen und in die Schublade stecken, aber es war zu spät. Resigniert drehte er sich um und sah aus dem Fenster, während sie las.

„Oh Paul", sagte sie dann leise und kam zu ihm. „Warum hast du nicht mal mir etwas davon erzählt? Bedeute ich dir so wenig?"

Paul nahm sie wortlos in die Arme und so standen sie eine kurze Weile, bevor sich Paul sanft von ihr löste.

„Vielleicht", begann er, „vielleicht ist das ganz gut so. So wie bisher ... Ich möchte so nicht auf immer und ewig weitermachen. Ich liebe dich, das weißt du ..."

Weiter kam er erst mal nicht, denn Nina küsste ihn erneut, dass ihm die Luft wegblieb.

„Es muss einen Weg geben", sagte sie dann.

Sie nahm ihre Tasse und sah angestrengt aus dem Fenster, als ob dort die Lösung ihres Problems irgendwo sichtbar werden würde. Dann drehte sie sich um und sah Paul gerade heraus in die Augen.

„Du sagst, du liebst mich, und du weißt, wie sehr ich dich liebe ... Schon seit Cora dich angeschleppt hat. Sie ist meine Schwester, aber ... Wie weit würdest du gehen, um mit mir ein neues Leben anzufangen?"

Paul sah sie verblüfft an, versuchte in ihren unergründlichen blauen Augen zu lesen. Sein Herz schlug und er fühlte, wie seine Erregung wuchs.

„Alles!", krächzte er dann. „Ich will dich, egal was dann passiert."

Eine kleine Ewigkeit standen sie so voreinander und Nina ließ seinen Blick nicht los.

„Ich muss raus. Die Kinder warten", sagte sie dann. „Wir sehen uns heute Abend."

Sie wandte sich ab und ging zur Tür. Dann drehte sie sich noch einmal um und kam zurück zu ihm.

Nina sah ihm in die Augen und nahm seine Hände. „Es muss einen Ausweg geben. Ich werde alles für unsere Liebe tun, und wenn das bedeutet, dass ..."

Sie beendete ihren Satz nicht, küsste ihn noch einmal und er sah ihr schweigend nach.

„Hat der Wirt ausgesagt? Er muss doch wissen, dass er diese Schmeißfliegen von Schutzgelderpressern nie wieder los wird, wenn er nicht mit uns zusammenarbeitet", fragte sie Herbie beim Mittagessen, das sie im Hauptbahnhof beim Chinesen einnahmen.

Herbie schüttelte den Kopf. „Kein Wort. Ich denke manchmal, wenn nicht in den Krimis immer gezeigt würde, dass die Mafia mit so was durchkommt ..."

Er schüttelte wieder den Kopf und verschluckte sich prompt an den gebratenen Nudeln, sodass er husten musste.

Ellen klopfte ihm auf den Rücken. „Sie auch nicht. Hat nichts gesehen oder gehört. Angeblich war sie die ganze Zeit in der Küche."

„Tja, wird wohl wieder ein Fall für die Ablage", knurrte Herbie.


Der Hinweis war auf dem Anrufbeantworter, der während ihrer Pause eingeschaltet gewesen war.

„Wegen Pizzabrand", sagte eine Stimme mit hartem osteuropäischen Akzent. „Waren die bledden Albaner ... Djusko Mesica."

Die Nachricht brach ab.

„Keine weiteren Nachrichten", sagte die Automatenstimme betont deutlich und Herbie schaltete ab und ließ den Hinweis noch ein paar Mal laufen.

„Das sieht mir nach einer feinen Bandenfehde aus", seufzte Ellen. „Musste ja mal kommen. Erst die Großstädte, jetzt sind wir dran."

Sie ließ schon ihren Computer suchen. „Hier haben wir ihn. Nettes Kerlchen."

Djusko Mesica hatte mehrere Seiten im Polizeicomputer. Seine Spur zog sich von Tirana über Wien und Köln bis nach Lübeck, wo er bisher erst einmal im Zusammenhang mit Kokainhandel verhaftet worden war.

„Hat ja schon alles gemacht, was man so macht in seinen Kreisen", meinte Herbie, der über Ellens Schulter las. „Söldner im Kosovo, Prostitution, Drogen, Waffenhandel ..."

Ein erkennungsdienstliches Foto zeigte einen finster blickenden Typen mit Stoppelbart. Djusko erfüllte alle Klischees, die es für Gewalttäter gab.

„Dann fragen wir den Herrn mal, wo er gestern Abend war", sagte Ellen. Sie wies auf eine Notiz im Computer. „Hat seinen gewöhnlichen Aufenthalt im *Citywave.*"

„Ach du Scheiße", antwortete Herbie und holte seine Dienstwaffe aus der Schublade. „Nicht ohne meine Walther", sagte er und auch Ellen vergewisserte sich, dass ihre Pistole geladen war.

„Allein?", fragte sie und Herbie überlegte kurz. „Citywave? Ist vielleicht besser, jemanden im Hintergrund zu haben."

Er telefonierte mit dem SEK und besprach den Einsatz. „Aber unauffällig, Kollegen", mahnte Herbie den Einsatzführer. „Nur für den Fall ..."

Sie nahmen den Dienstpassat. Das *Citywave* war eigentlich einer der typischen Spielsalons, die es in den Seitenstraßen jeder Stadt gibt. Im Hinterzimmer wurde Billard gespielt, und wer weiß, was da sonst noch ablief.

Herbie nickte den Kollegen zu, die „unauffällig" in Zivil auf der Straße herumstanden, dann betraten Ellen und er die Kneipe. Es war schummrig, abgesehen von den plötzlichen grellen

Lichtblitzen aus den Spielautomaten und den unterschiedlichen Jingles und Pieptönen aus den Automaten. Ellen und Herbie gingen an ein paar Jugendlichen vorbei, die vollkommen in ihre Ballerspiele vertieft waren.

„Da ist besetzt!", krächzte eine ältere Frau, hinter einer Art Tresen, die hier wohl die Aufsicht hatte.

Herbie beachtete sie nicht, sondern schob mit dem Fuß die Tür zum Billardsalon auf. Djusko ließ das Queue sinken, das er gerade angesetzt hatte, und sah die beiden Polizisten mit harten Augen an. Er sagte etwas zu den beiden Männern, die mit ihm im Raum standen. Weder Ellen noch Herbie rechneten mit dem Angriff. Die beiden Männer stürmten auf sie zu und griffen brutal an.

Herbie, der vorn stand, sackte zusammen. Sein Gegner hatte ihn mit einem Kinnhaken erwischt, der ihn benommen machte. Ellen hatte etwas mehr Zeit zu regieren und warf ihren Angreifer mit einem Jiu-Jitsu-Griff zu Boden, aber dann griff der andere ein und trat ihr in den Bauch. Der plötzliche Schmerz ließ sie sich krümmen – und dann waren die Kollegen des SEK da und halfen ihnen auf.

„Die wollten hinten raus türmen", sagte der Einsatzleiter. „Braucht ihr 'nen Arzt?", fragte er sorgenvoll.

Ellen hatte sich auf einen Stuhl gesetzt und hielt sich den Bauch. „Gibt wohl einen schönen blauen Fleck", sagte sie dann japsend.

Auch Herbie hatte sich erholt. „Ist sowieso keine Bikini-Saison", meinte er und rieb sich sein Kinn.

„Na", meinte der Einsatzleiter. „Das nächste Mal überlasst uns den Zugriff. Jedenfalls haben wir die Bürschchen für euch

eingesackt. Präsidium? Bei euch gibt's ja keine Arrestzellen."
Ellen nickte und der SEK-Mann ging.

„Noch Schmerzen?", fragte Herbie besorgt und rieb sich das
Kinn, wo ihn die Faust seines Angreifers getroffen hatte.

Ellen schüttelte den Kopf. „Konnte keiner ahnen, dass die
gleich so rabiat werden", seufzte sie.

Die alte Frau, die hinter ihrem Tresen hockte, sah ihnen finster
nach, als sie das *Citywave* verließen und über die Straße zu
ihrem Wagen gingen. Sie fuhren direkt ins Präsidium, wo
Djusko schon in einen Verhörraum gebracht worden war.

Ellen setzte sich ihm gegenüber, während Herbie sich hinter
ihn an die Wand lehnte.

„Es wäre besser für Sie, wenn Sie ein Geständnis ablegen",
sagte Ellen, aber seine einzige Reaktion darauf bestand darin,
sie frech anzugrinsen.

Djusko war ein harter Hund, der schon oft Verhören
ausgesetzt gewesen war. Im Kosovo war er einmal von den
Serben erwischt und brutal gefoltert worden. Ellen und Herbie
verbrachten fast zwanzig Stunden mit ihm im Verhörzimmer,
und er wäre davongekommen …


Der Umschlag kam mit der Post und hatte keinen Absender,
aber er enthielt Fotos und Hinweise auf Straftaten, die sie
sonst nie mit Djusko in Verbindung gebracht hätten.

Sie spielten jetzt das Spiel „Guter Bulle – böser Bulle".

Ellen sprach sanft mit ihm und versprach ihm Strafmilderung
und gute Behandlung, wenn er endlich aussagen würde,
Herbie schrie ihn an, zählte ihm die Jahre vor, die er
vermutlich würde einsitzen müssen. Djusko blieb schweigsam,
aber Ellen und Herbie spürten, dass seine harte Schale Risse

bekam. Noch weitere zwei Tage verhörten Ellen und Herbie abwechselnd den angesichts der Beweise zunehmend nervösen Albaner. Dann brach er plötzlich zusammen und redete.

„Ich sage ...", murmelte er unvermittelt und dann lief das Tonbandgerät und einige bisher ungeklärte Fälle konnten endlich gelöst werden.

Die Presse würde in den nächsten Tagen einen großen Sieg über das Verbrechen feiern.

Ellen war vollkommen erschöpft. Sie hatte mit Herbie noch einen Kaffee getrunken, aber dann fuhr sie nach Hause, und als sie Udos BMW im Carport stehen sah, wusste sie, dass sie trotz ihrer Erschöpfung nicht länger warten konnte.

„Wir müssen mal reden", sagte Ellen.

Die Nachrichten brachten die üblichen Politikerwichtigkeiten, die niemanden interessierten. Udo Hamann schwieg und starrte weiter der Tagesschau-Sprecherin in den Ausschnitt.

Ellen dachte schon, er hätte sie nicht gehört, aber er nahm plötzlich die Fernbedienung und schaltete den Fernseher ab.

„Du merkst das auch, oder?", sagte sie leise und er nickte.

Ellen sprang auf, lief ein paar Schritte und setzte sich wieder. Udo sah sie nicht an.

„Auf jeden Fall kann es so nicht bleiben. Ich ertrag das nicht, diese zunehmende Distanz."

Sie trank einen Schluck Wein.

„Gibt ... gibt es eine andere?", fragte sie dann, etwas bestürzt über sich selbst, denn daran hatte sie bisher nicht gedacht.

Udo lehnte sich zurück, dann sah er sie offen an. „Nein, es gibt keine andere, das hätte ich dir gesagt. Aber du hast recht.

Ich fühl mich hier nicht mehr wohl. Weiß auch nicht, was passiert ist mit uns."

Ellen knetete ihre Finger, etwas, was sie immer tat, wenn sie nervös war. Sie hatten sich auf dem Weihnachtsmarkt an der Punschbude kennengelernt vor ... wie viel? Fünfzehn Jahren schon. Sie war gerade von der Polizeischule gekommen und hatte ihre erste Stelle in einer Wache angetreten. Sie hatte ihm am Nachmittag eine gebührenpflichtige Verwarnung wegen Falschparkens verpasst und er hatte sich geärgert.

Nach Feierabend stand er dann unverhofft neben ihr und bestellte Glühwein. Er hatte sie von der Seite angesehen.

„Steh ich hier auch falsch, Frau Wachtmeisterin?", hatte er spöttisch gefragt und sie war rot geworden.

„Scheiße", dachte sie.

„Hab gerade daran gedacht, wie wir uns kennengelernt haben", sagte sie leise und Udo lächelte.

„Ja", sagte er. „Wir dachten, das hält für immer."

Ellen stand auf und goss zwei Schwenker voll Cognac, gab ihm einen und setzte sich wieder.

„Wir könnten eine Paartherapie machen", sagte sie plötzlich hoffnungsvoll und Udo sah sie skeptisch an.

Sie diskutierten und später brachte Udo seine Sachen ins Gästezimmer, das einmal Kinderzimmer hatte werden sollen. Er gab ihr einen leichten Kuss auf die Nase, wie er es früher immer gemacht hatte.

„Wir versuchen es", sagte er und Ellen lag die ganze Nacht wach.


Das Essen mit Nina und Gerd war eine fast schon traditionelle Angelegenheit. Paul mochte den hemdsärmeligen Gerd eigentlich ganz gern, was ihn aber nicht davon abhielt, mit dessen Freundin, seiner eigenen Schwägerin, ein Verhältnis zu haben.

Gerd war Lehrer für Mathematik und Physik an der Berufsschule in Lübeck und hatte Nina über das Segeln kennengelernt. Die beiden waren jetzt seit fast fünfzehn Jahren ein Paar, hatten auch daran gedacht, „irgendwann einmal" zu heiraten, diesen Schritt aber nie vollzogen. Vielleicht, wenn sich Nachwuchs eingestellt hätte, aber sowohl Paul und Cora als auch Nina und Gerd waren kinderlos geblieben.

Sie trafen sich fast jeden Mittwochabend im *Seelord* in Timmendorf, wo sie gern gesehene Stammgäste waren und, nachdem sie die Speisekarte herauf- und heruntergegessen hatten, nunmehr immer ein Überraschungsmenü vom Küchenchef bekamen, das sie bisher noch immer in Verzückung versetzt hatte.

„Puh", japste Gerd und wischte sich mit der Serviette den Mund ab.

Trotzdem blieben noch ein paar Krümel in seinem dichten Vollbart zurück, die Nina ihm mit einer fast routinemäßigen Geste abstreifte. Bedauernd sah er auf den Dessertteller, auf dem noch ein Rest Crème brulé zurückgeblieben war.

„Ich kann nicht mehr ... Jetzt muss ich aber wirklich mit einer Diät anfangen, sonst könnt ihr mich bald rollen!"

Alle lachten und Nina kniff ihn leicht in die Bauchfalte, die sich über seinem Hosenbund wölbte. Den Rest des Abends verbrachten sie, auch wie gewohnt, im *Oswalds*. Die vier fanden eine gemütliche Ecknische und die Kellnerin brachte ihnen die erste Runde Bier.

„Du bist heute so schweigsam", bemerkte Gerd, an Paul gewandt.

„Hab mir wohl irgendwas eingefangen. Kleine Erkältung, oder so."

Sie tranken und lachten und Nina begann unter dem Tisch mit Paul zu füßeln, was ihn sichtlich unruhig machte.

„Ich glaube, wir sollten heute nicht so lange machen", sagte Cora daraufhin.

Trotzdem kamen noch zwei weitere Runden Bier und Nina lancierte geschickt ein Thema, das sie unter normalen Umständen niemals angeschnitten hätte, weil es bisher nicht in ihren Lebensplan gepasst hatte.

„Eigentlich hattest du doch recht, Gerd. Wir hätten damals die große Reise machen sollen. Vielleicht säßen wir jetzt gerade unter Palmen mit einem Cocktail in der Hand ..."

Gerd sah sie verblüfft an. Nur aus Liebe zu ihr hatte er vor drei Jahren den Plan aufgegeben, für ein, zwei Jahre aus seinem anstrengenden Job auszusteigen und eine Weltumseglung, beziehungsweise eine Fahrt in die Südsee anzutreten.

Seit seiner Jugend hatte er die Bücher der Weltumsegler und Abenteurer verschlungen und von Bora-Bora geträumt. Nina hatte ihn davon abgehalten und nun plötzlich ...?

Er sah sie über sein halb gefülltes Bierglas an.

„Das sagst du nur, weil du denkst, ich habe das aufgegeben", sagte er dann.

Nina lächelte ihn an. „Nein, Schatz. Ich war damals nur noch nicht bereit dafür."

Paul war verwirrt. Was machte Nina da? Sie wollte ihn verlassen? Mit Gerd auf Weltreise gehen? Aah, natürlich. Sie wusste, dass er vor der Pleite stand. Klar, dass er nicht mehr interessant für sie war. Sein Gesicht versteinerte.

„Komm, Cora, mir ist nicht gut", sagte er und beendete so ziemlich abrupt den Abend.

Cora sah ihn überrascht an, nickte dann aber und packte ihre Zigaretten und ihr Feuerzeug in die Handtasche. Sie hatte belustigt und irritiert gehört, was ihre Schwester da gesagt hatte und hätte gern weiter zugehört. Paul stand auf und ging an den Tresen, um zu zahlen. Auch Cora erhob sich. Nina fühlte Pauls Blick, der zu sagen schien „Was tust du da?"

„Tschüss, ihr beiden", sagte er ziemlich kühl und Cora folgte ihm, als er das Lokal verließ.

„Wir bleiben noch, ja, Schatz?", sagte Nina, als Gerd sich auch erheben wollte. Er blieb sitzen.

In Gerds Kopf überschlugen sich die Gedanken. Er hatte seinen Traum von der Weltumsegelung begraben. Ninas wegen, und nun war sie es, die ihm all seine Sehnsucht nach der Südsee zurückbrachte! Er küsste sie. Hier und jetzt und öffentlich im *Oswalds*, und ein paar belustigte Gäste an der Theke applaudierten.

„Mal langsam", wehrte Nina ab, die nicht gedacht hatte, dass es so leicht sein würde, Gerd auf diese Spur zu setzen. Gewissensbisse hatte sie aber auch, denn sie sah nun, dass sie der alleinige Grund für ihn gewesen war zu bleiben; sah, wie viel sie ihm bedeutete. Gespielt fröhlich griff sie nach ihrem Glas und prostete ihm zu – und der Rest des Abend und die Nacht sollten so verlaufen, wie Gerd es schon lange nicht mehr erlebt hatte.

„Das machen die nie", sagte Cora und kuschelte sich während der kurzen Fahrt nach Scharbeutz, wo ihr Bungalow stand, an ihren Mann.

Paul schwieg, und so blieb es für den Rest der Fahrt. Später im Bett lag er noch lange wach und dachte an Nina und warum sie ihn verlassen wollte und an seine berufliche Misere und an Cora, die leise schnarchend neben ihm lag und die ihm zunehmend fremd wurde.

Paul war leise aufgestanden, um Cora nicht zu wecken. Der Tag hatte sich noch nicht entschieden, ob er sonnig oder regnerisch werden wollte und das passte zu seiner Stimmung. Was war nur in Nina gefahren?

Auf dem Weg hielt er kurz bei der Bäckerei Brede und setzte sich zu ein paar Stammgästen, der üblichen Schar von Früh- oder Normalrentnern, mehr oder weniger lustigen Witwen und Hausmeistern, die dort fast alltäglich ihr Frühstück einnahmen und sich über die gerade nicht Anwesenden die Mäuler zerrissen.

Der Kaffee war heiß und gut und Paul verbrannte sich die Zunge beim ersten Schluck. Eine dauerwellige, blondierte schon ältere Dame, die des Öfteren nachdrücklich mit ihrem Geld protzte, wollte ihn in ein Gespräch verwickeln und Paul stellte sich mit Grausen vor, wie es wäre, mit dieser Frau seiner finanziellen Lage wegen etwas anzufangen.

„Dann lieber Hartz vier!", befand er, trank schnell aus und fuhr entlang der Küste nach Niendorf.

Die Post war noch nicht da und Paul hatte neuerdings sowieso Angst davor, in den Briefkasten zu sehen. Der Vormittag verging, ohne dass sich ein Interessent meldete. Immerhin klarte es auf, und *Hanseat, Dana* und *Seelöwe* begannen ihre Rundfahrten durch die Bucht.

Kurz vor zwölf klingelte sein Handy. Es war Nina, die ihn fragte, ob er rüber käme zu *Klüver*, um mit ihr zu essen. Er zögerte ein bisschen, sagte dann aber zu.

Sie sah einfach toll aus, fand er, als er sie sah. Die langen roten Haare hingen ihr heute offen über die Schultern und sie hatte das Oberteil ihres Overalls bis zur Hüfte heruntergeschoben und die Ärmel verknotet. Ein besticktes Top gab nun mehr von ihrer wohlgeformten Brust frei, als es verbarg.

Sie hatte bereits zwei Krüge des süffigen, in der Hausbrauerei hergestellten obergärigen Bieres vor sich auf dem Holztisch stehen und winkte ihm fröhlich zu. Hier in der Öffentlichkeit hielten sie sich zurück und begrüßten sich wie alte Freunde, aber ihre Augen blitzten und Paul fragte sich abermals, was nun eigentlich los war. Sie aßen Backfisch mit Kartoffelsalat und es dauerte ziemlich lange, bis Paul sie auf den Abend ansprach.

„Was war denn mit dir los, gestern? Weltumsegelung mit Gerd! Ist das dein Ernst?"

Sie senkte den Blick und schwieg eine Weile.

„Es gehört zu meinem Plan", sagte sie dann leise. „Vertrau mir, Liebling. Ich mach das alles für dich ... uns", korrigierte sie sich.

„Aber was soll mir das helfen, wenn du mit Gerd auf Weltreise gehst?", knurrte Paul.

Nina sah sich um. Überall saßen Leute und einige davon kannte sie.

„Nicht hier", sagte sie dann. „Ich hab gleich noch einen Kurs, danach komm ich in dein Büro. Ich habe mir etwas ausgedacht, aber ... bin gespannt, was du dazu sagst."

Paul begleitete sie um den Hafen herum zum Klubsteg des Segelvereins.

„Da kommt Nina!", riefen einige aus der Schar der Kinder, die schon ungeduldig auf ihre Lehrerin gewartet hatten.

Paul blieb etwas zurück und dann war Nina von den in bunten Overalls und orangefarbenen Schwimmwesten gekleideten Segelschülern umgeben. Paul sah von einer Bank aus zu, wie die Kids die kleinen Segelboote seeklar machten. Ruckzuck ging das und Nina musste nur bei einem Jungen ein bisschen helfen, der den kurzen Mast nicht in den Öffnungen verankern konnte.

Die Mädchen waren zuerst fertig und Paul lächelte, weil das schon damals in seiner Jugend so gewesen war. Opti nach Opti wurde zu Wasser gelassen und bald segelte die kleine Flotte wie eine Schar Enten auf das offene Wasser hinaus, gefolgt von Nina in ihrem kleinen roten Schlauchboot.

Paul sah, dass sie mit der Flüstertüte vor dem Mund Anweisungen gab, konnte aber wegen des ablandigen Windes nichts verstehen. Seufzend erhob er sich und ging zu seinem Büro zurück, wo die Tristesse seines Schreibtischs ihn erneut deprimierte.

Während seine Frau mit den Kindern Segeln übte, kämpfte Gerd mit der Müdigkeit, denn er hatte wenig geschlafen in der vergangenen Nacht. Trotzdem war er aufgekratzt und etwas fahrig, was die Schüler belustigte, weil ein Experiment im Physikunterricht gründlich misslang. Gerd ließ sie lachen, brummte ihnen aber eine saftige Hausaufgabe auf, um sich zu revanchieren.

Nach Schulschluss packte er seine Tasche und begab sich ins Lehrerzimmer, um noch einige Notizen zu machen. Berufsschullehrer sehen ihre Zöglinge nicht so oft, und er wollte seine Eindrücke vom Arbeitsverhalten einiger „Wackelkandidaten" zeitnah festhalten.

Ein paar Kollegen saßen schon am langen Konferenztisch und Gerd fiel siedend heiß ein, dass für heute ja eine Besprechung angesagt war. Auch das hatte er vergessen. Direktor Kollmann machte es gnädigerweise kurz.

„Wir kommen zum letzten Punkt, ‚Personalplanung'", sagte er. „Wir bekommen nach den Ferien einen neuen Kollegen, sodass wir etwas Luft haben für Fortbildungsmaßnahmen, Kuren etc. Wer etwas beantragen möchte, kommt bitte zu mir. Noch Fragen?"

Er sah über seine Halbbrille in die Runde, aber niemand sagte etwas, um den Feierabend nicht noch mehr hinauszuschieben.

„Bis Morgen, Kollegen", beendete Kollmann die Sitzung und alles erhob sich.

Gerd blieb gedankenverloren sitzen. „Alles passt zusammen", dachte er verwundert.

„Kollege Willers? Alles in Ordnung mit Ihnen?"

Gerd schrak auf und stellte fest, dass alle anderen gegangen waren. „Nein, äh doch, Herr Direktor, alles o. k., aber ... kurz und gut", sagte er schnell entschlossen. „Ich würde gern auf Ihr Angebot zurückkommen. Wenn das möglich ist, möchte ich ein Sabbatjahr beantragen und mit dem Boot nach Bora-Bora fahren."

Kollmann sah ihn groß an. Er wusste, dass sein Kollege Segler und mit einer bekannten ehemaligen Regattasportlerin liiert war, aber das hatte er nicht erwartet.

„Ein ganzes Jahr?", fragte er. „Ja, möglich ist das. Da sehe ich bei der Personaldecke kein Problem, aber das geht nur unbezahlt", wandte er ein.

„Ja klar doch, weiß ich", sagte Gerd schnell.

Kollmann nickte. „Kommen Sie morgen in mein Büro und dann besprechen wir die Details. Schönen Feierabend."

Gerd konnte es nicht fassen. Gestern eröffnete ihm Nina, dass sie seinen Traum mitmachen wollte und nun ...

„Yippee!", schrie er und tanzte ein bisschen herum, sodass Direktor Kollmann, der schon auf dem Flur war, erschrocken stehen blieb. Dann zuckte er die Schultern und ging weiter. Willers war ein sehr guter Lehrer und am liebsten hätte Kollmann ohnehin mit ihm getauscht.

Mai

Die Mädchen hatten einen langen Weg hinter sich. Überwiegend stammten sie aus Weißrussland und der Ukraine. In ihrer Heimat gab es kaum lohnende Arbeit und die Werber hatten ihnen Jobs als Haushaltshilfen und Kindermädchen versprochen. Sie waren in Autos abgeholt und problemlos über die Grenze gebracht worden.

Die Vermittler hatten für Pässe und gültige Visa gesorgt. Sie hatten viel gelacht während der Fahrt und der Fahrer hatte Witze erzählt. Das alte Bauernhaus bei Pansdorf war ihre erste Station gewesen.

„Wir sind da", hatte der Fahrer gesagt, der den alten Mercedes vor dem halb verfallenen Haus abbremste.

Auf dem gepflasterten Hof parkten einige Nobelkarossen. Die Mädchen, alle drei erst sechzehn Jahre alt und völlig unerfahren, waren enttäuscht. So sah der goldene Westen aus? Die Tür ging auf und ein kräftiger Mann in schwarzer Kleidung kam heraus.

„Hallo Ivan, da sind die Kälbchen", sagte der Fahrer. „Willst du reinkommen und mit feiern?", fragte Ivan.

„Meine Frau wartet", antwortete der Fahrer.

Ivan griff in die Tasche seiner Jacke und nahm einen Umschlag heraus; der Fahrer nahm ihn entgegen und zählte das Geld. „Aussteigen, Täubchen", sagte Ivan auf Russisch und die Mädchen gehorchten.

„Wo sind wir hier?", fragte Tasha, die ein wenig mutiger war als ihre Freundinnen.

Ivan lachte. „Nehmt euer Zeug aus dem Kofferraum. Wir bringen euch hier ein bisschen was bei." Er grinste. „Deutsch und so ... alles nützliche Dinge."

Tasha sah ihre Freundinnen – nein, Freundinnen waren es eigentlich nicht, denn sie hatte sie erst im Auto kennengelernt – unsicher an.

„Mir gefällt es hier nicht", sagte sie dann. „Ich möchte wieder mit nach Hause fahren."

„Kommt erst mal rein", sagte Ivan, der nun nicht mehr lächelte. „Hau schon ab", zischte er dem Fahrer zu und Tasha sah dem abfahrenden Wagen unglücklich nach.

„Komm schon", sagte Nadja und Tasha nahm ihren Koffer auf und folgte ihr und Halina ins Haus.

Das Dutzend Männer, das in der großen Wohnküche um den Tisch saß, hatte sichtlich schon vor Stunden mit dem Feiern begonnen.

„Ich zeig euch eure Zimmer", sagte Ivan und sie stiegen in den ersten Stock hinauf, wo er jeder eine Stube anwies.

Tasha betrat den ungemütlichen Raum, der kaum mehr als ein Bett mit schmuddeliger Bettwäsche aufwies. Das Schloss klickte und sie rannte zur Tür, aber Ivan hatte sie eingeschlossen.

Ivan setzte sich schwer an den Tisch und goss sich aus der am nächsten stehenden Flasche ein großes Glas Wodka ein.

„Auf die Täubchen", sagte er grinsend und die andern lachten und tranken ebenfalls.

„In Ordnung", sagte er dann. „Die ersten können rauf ... aber tut ihnen nicht mehr weh als nötig. Ihr Aussehen ist unser Kapital."

Drei der Männer, alles gut betuchte Geschäftsleute aus der Umgebung, die viel Geld für diese „Party" bezahlt hatten, standen auf und gingen nach oben. Die anderen grölten Sauflieder, die die Schreie der Mädchen übertönten.

Tasha floh im Morgengrauen. Fast nackt, besudelt und beschmutzt, innerlich und äußerlich, war sie aus dem Fenster gesprungen. Es war höher gewesen, als sie erwartet hatte, und der Aufprall war schmerzhaft. Sie hatte Glück gehabt, dass unter ihrem Fenster ein verwahrlostes Blumenbeet lag.

Nadja und Halina wären auf Pflastersteinen gelandet. Tasha rieb sich ihren verstauchten Knöchel und lauschte. Alles war ruhig, nur in der Ferne bellte ein Hund. Im Haus fiel irgendwo ein Stuhl um und sie rannte so schnell sie konnte zum

Waldrand. Es war noch nicht richtig hell, aber sie fand den Weg durch das Gehölz. Jenseits einer Straße standen Häuser und sie klingelte an der Tür des ersten.

Ellen Hamann beugte sich über das Krankenbett, aber das Mädchen schlief fest.
„Wir haben ihr ein Schlafmittel gegeben", sagte die Krankenschwester.
„Haben Sie ihren Namen? Papiere?", fragte Ellen.
Die Schwester schüttelte den Kopf. „Sie können gleich mit dem Doktor sprechen, wenn die Visite vorbei ist."
Ellen nickte und setzte sich auf einen Stuhl vor dem Krankenzimmer. Sie rekapitulierte, was sie wusste. Das Mädchen hatte an der Tür von Frau Westermann geklingelt. Die alte Dame litt unter Schlaflosigkeit, hatte gerade das Frühstücksmagazin im Fernsehen verfolgt und das Klingeln ihrer Schwerhörigkeit wegen fast überhört. Bevor das Mädchen ohnmächtig zusammengebrochen war, hatte sie noch „Bitte helfen!" gestammelt, hatte Frau Westermann ausgesagt. Der Krankenwagen hatte das junge Mädchen in die Uniklinik gebracht und eine Polizistin der zuständigen Wache hatte Ellens Dienststelle angerufen, denn sie hatte von solchen Verletzungen, von denen der erst-untersuchende Arzt berichtete, schon gehört.
Ein Arzt kam und Ellen stellte sich vor. Er nickte.
„Ja, stimmt leider. Das Mädchen wurde mehrfach vergewaltigt und weist Hämatome und Schlagspuren fast am ganzen Körper auf. Körperlich nichts Ernstes, aber psychisch ..."
„Können wir sie befragen?", fragte Ellen und er atmete hörbar aus.

„Das müssen Sie ja wohl. Hören Sie, ich habe auch eine Tochter. Kriegen Sie diese Schweinehunde!"

Er schwieg und Ellen senkte den Blick.

„Sie werden einen Dolmetscher brauchen", sagte der Arzt dann. „Ich glaube, sie ist Russin oder so was."

„Danke", sagte Ellen, aber der Arzt war schon in Tashas Zimmer verschwunden.

Sie ging zum Treppenaufgang, weil sie sich an das Handyverbot halten wollte, und bestellte im Präsidium eine Dolmetscherin.

„Ja, es muss eine Frau sein", wiederholte sie. „Es geht um Vergewaltigung. Sie sollte vielleicht auch Polnisch können, wir wissen nicht genau, woher das Mädchen stammt."

„Sie können jetzt zu ihr", sagte der Arzt, der das Zimmer wieder verließ, aber Ellen wartete, bis die Dolmetscherin kam.

Ellen traf Herbie im *Holstenstübchen*.

„So schlimm?", fragte er, nachdem er ihr ins Gesicht gesehen hatte.

„Schlepperbande, die junge Mädchen aus dem Osten mit Versprechungen herlockt und dann ... Ich konnte nur kurz mit dem Mädchen reden. Sie ist aus Minsk und ihr Vater ist jetzt auf dem Weg hierher und holt sie ab."

„Was Verwertbares?", fragte Herbie, der Karen mit zwei Fingern ein Zeichen für Biernachschub gab.

„Ich verhöre sie morgen noch mal. Sie weiß nicht, wohin sie gebracht wurde, aber weit kann sie nicht gelaufen sein in ihrem Zustand."

„Und sonst?", fragte Herbie und Ellen seufzte.

„Paartherapie ... Hab nicht geglaubt, dass das was bringt, aber die Therapeutin meint, wir hätten gute Chancen. Sind erst ganz am Anfang."

Herbie nickte. „Komm, trink was. Ich geb noch einen aus."

Sie ließ ihr Auto stehen und nahm ein Taxi. Der Fahrer half ihr, die Tür aufzuschließen.

Cora war eigentlich ganz zufrieden mit ihrem Leben. Paul hatte ihr all das gegeben, was sie sich für ihr Leben erhofft hatte. „Eine tolle Reise, das wäre mal wieder dran", dachte sie und beschloss, Paul darauf anzusprechen. Sie stand nackt vor dem großen Spiegel im Bad und betrachtete sich prüfend. Dreiundvierzig würde sie im nächsten Monat werden, aber dafür ...

Sie drehte sich etwas, um sich im Profil anzusehen. Alles straff und so, wie es sein sollte. Na ja, sie investierte auch genug dafür im Fitnessclub, wo sie sich dreimal die Woche abstrampelte, bei der Kosmetikerin und beim Friseur. Sie nahm einen Zerstäuber vom Bord und sprühte etwas Eau de Parfüm zwischen ihre Brüste, auf den Bauch und ihren sorgfältig rasierten Schambereich. Dann zog sie sich langsam an und kicherte wie ein junges Mädchen, als sie voller Vorfreude daran dachte, was gleich passieren würde.

Im Flur zog sie ihre Lederjacke über, fuhr in die schwarzen Pumps und nahm ihre Schlüssel. Der Kies knirschte unter ihren Schritten, als sie zur Einfahrt ging, wo ihr blauer MX-5 stand. Sie öffnete mit zwei Handgriffen die Verriegelung und öffnete das Cabriodach.

„Guten Morgen, Frau Schrothoff. Gut, dass ich Sie noch antreffe", sagte jemand und Cora sah den Postboten auf sich zukommen.

„Ich hab ein Einschreiben an Ihren Mann, aber Sie können das ja annehmen, nicht wahr?"

Cora war etwas ungehalten, denn sie war schon spät dran.

„Ja, geben Sie schon her", sagte sie.

Der Postbote überreichte ihr einen amtlich aussehenden Umschlag.

„Amtsgericht Eutin", las sie zerstreut.

„Hier bitte quittieren", insistierte der Postbote und sie kritzelte ihren Namen auf die Empfangsbestätigung.

„Schönen Tag noch", sagte der Postmann und ging.

Cora stieg ein und warf den Umschlag ins Handschuhfach. Dann ließ sie den Motor an und parkte schwungvoll aus. Frau Mertens, die im Nachbargarten an ihren Beeten herumhackte, sah ihr missbilligend nach. Sie mochte Cora nicht. Fünfzehn Minuten später parkte Cora vor einem modernen Apartmenthaus in Travemünde. Noch nie war sie bisher hier gewesen und ihr Herz klopfte bis zum Hals.

Sie klingelte und der Summer öffnete die Tür. Zehn Schritte, dann der Fahrstuhl. Surrend ging die Tür auf. 4. Stock drücken, und ihre Handflächen wurden feucht. Letzter Blick in den großen Spiegel an der Fahrstuhlwand. Durch die sich öffnende Tür nach links und den Gang entlang. Er stand schon in der Tür, hatte sie erwartet.

„Dirk?", fragte sie und er grinste ein jungenhaftes Grinsen, dass ihre Knie zitterten.

„Komm rein, Cora. Schön, dass du gekommen bist. Hab ich eigentlich nicht erwartet."

Er half ihr aus der Jacke. Cora schaute sich unsicher um. Unsicher darüber, wie es nun weitergehen würde. Etwas in ihr wollte gehen, sofort umdrehen und flüchten, aber ...

Dirk hatte aus der Küche zwei Gläser geholt und Cora stürzte den Champagner so herunter, dass ihr ein paar Tropfen am Kinn herunterrannen. Dirk nahm sie mit dem Zeigefinger auf und leckte ihn ab. Hatte sie es sich so vorgestellt? Cora wusste es nicht.

Dirk sah aus wie auf dem Foto im Internet. Braun gebrannt, die halblangen schwarzen Haare, hier und da schon etwas angegraut, den Kopf umrahmend. Die markante, etwas gebogene Nase und der sinnliche Mund ...

Sie sah sich um, während er die Flasche aus der Küche holte, um ihr Glas aufzufüllen.

„Machst du das zum ersten Mal?", fragte er leise und sie senkte den Kopf.

Dirk stellte die Flasche ab und nahm sie in den Arm. Selbst wenn sie gewollt hätte – jetzt war es zu spät, denn seine Berührung lähmte sie vollständig. Seine Lippen trafen ihre und sie küsste ihn, wie sie Paul niemals geküsst hatte. Seine Hände waren überall an ihrem Körper und dann stand sie nackt und zitternd vor ihm. Gebannt sah sie zu, wie er sich sein Hemd über den Kopf streifte und den Gürtel seiner Jeans öffnete. Dann zog er sie sanft an sich und nahm ihre Hand.

„Komm, wir machen es uns bequem", sagte er und sie folgte ihm gehorsam in sein Schlafzimmer.

„Mein Hobbyraum", sagte er lachend.

Ein riesiges Bett, auf dem ein Fell lag, füllte den Raum aus. Überall an den Wänden und an der Decke waren große Spiegel befestigt und auf einem Nachttisch lag eine große Auswahl an Sexspielzeug. Dildos und Lustklemmen, Dosen mit Gleitcreme und einiges, was sie noch nie zuvor gesehen hatte. Dirk drängte sie sanft, aber bestimmt aufs Bett und gab ihr erneut zu trinken. Cora bebte nun vor Erregung und ihre Brustwarzen schmerzten vor Anspannung. Sie hätte noch einmal zur Toilette gehen sollen, aber nun war es zu spät.

„Aber nur mit Kondom", keuchte sie und Dirk nickte.

Er beugte sich über sie und nahm ihre Hände; plötzlich spürte sie den kalten Stahl der Handschellen, mit denen er sie ans Kopfende des Bettes fesselte. Dirk war ein Künstler. Er streichelte sie und bearbeitete ihren Körper, wie es ihr noch nie zuvor widerfahren war.

Sie keuchte und schrie und dann legte er den Massagestab weg, mit dem er sie eben noch befriedigt hatte, legte ein Kondom an und drang mit einer einzigen fließenden Bewegung in sie ein. Cora wand sich vor Lust unter seinen Stößen. Scheinbar endlos ging das so.

„Komm, komm endlich", stöhnte sie, aber er zog sich zurück und drehte sie auf den Bauch. Er hob ihre Hüften an und schob ihr behutsam ein Kissen unter den Bauch. Dann zog er sich vorsichtig das Kondom ab und drang erneut in sie ein.

„Nein!", keuchte sie „Mach das Gummi wieder an!"

Aber er lachte und dann erbebte sein Körper und Cora spürte, wie er sich in sie ergoss.

Später lagen sie nebeneinander und er rauchte.

„Das hättest du nicht tun dürfen, das mit dem Kondom", sagte Cora leise, aber er antwortete nicht, sondern streichelte ihre Brüste.

Ihr Blick fiel auf die Uhr und sie sprang auf. „So spät schon – ich muss nach Hause."

Dirk sah ihr vom Bett aus zu, wie sie sich anzog. „Kommst du wieder?", fragte er.

„Weiß nicht", nuschelte sie. Im Moment wollte sie nur weg hier. Im Fahrstuhl lehnte sie sich zitternd an die Wand.

„Warum hab ich das gemacht?", fragte sie sich.

„Nie wieder", schwor sie sich, aber als sie sich beim Einsteigen in ihren Wagen umsah, stand Dirk auf seinem Balkon und winkte ihr zu. Sie wusste, dass sie schon bald wieder hier sein würde.

Paul hatte wieder einmal Gewissensbisse. Nina war gerade erst gegangen und er blieb noch einige Augenblicke unter der dünnen Sommerdecke in der Vorschiffkoje der *Freya* liegen. Es war praktisch, für ihre geheimen Treffen eines seiner Boote zu benutzen, obwohl bereits einige der Angestellten der benachbarten Segelwerkstatt etwas ahnten.

Sie gönnten es dem sympathischen Paul, der ab und zu mal ein Bier bei Klüver ausgab und der all seine Segel bei ihnen kaufte. Seufzend zog er sich schließlich an und räumte auf. Dann kletterte er über den schmalen Niedergang an Deck und sah sich um.

Sorgsam schloss er das Schott und ging an Land. Sein Blick schweifte über die ganze kleine Flotte. Alle nach nordischen Göttern benannt. *Wotan*, *Baldur*, *Loki* usw. Nicht mehr lange in seinem Besitz, wenn nicht ein Wunder geschah. Aber auch wenn Ninas aberwitziger Plan aufging, wäre es vorbei mit dem Chartergeschäft.

Sie hatte ihm, nachdem sie sich ausgiebig geliebt hatten und erschöpft auf der Koje lagen, ihren Plan erklärt, und ihm schwirrte immer noch der Kopf. Das konnte sie doch unmöglich ernst meinen! Hatte sie ihn testen wollen, ob er für so etwas empfänglich war?

Langsam ging er zum Büro zurück und schüttelte immer wieder den Kopf. Nein, das meinte sie nicht im Ernst und wenn – es musste eine andere Lösung geben.

„Wonach sollen wir denn suchen?", fragte Alfred.

Herbie hatte die Spurensicherung angefordert, nachdem sie das alte Gehöft am Rande von Pansdorf gefunden hatten. Einige Streifenwagen hatten die nähere Umgebung des Hauses von Frau Westermann abgesucht, denn das Mädchen konnte in seinem Zustand nicht weit gelaufen sein.

„Kleidungsstücke. Hinweise auf die verschwundenen Mädchen", antwortete Ellen.

Sie sah sich in der verwüsteten Wohnküche um. Der große Esstisch voller Gläser und Geschirr. Reste von Speisen auf den Tellern, umgefallene Flaschen. Ein Chaos. „Nehmt Fingerabdrücke von den Gläsern. Vielleicht war ein alter Kunde dabei", sagte Herbie.

Jens Holtmann schimpfte leise vor sich hin.
„Der sagte, er will hier alte Autos in der Scheune restaurieren und am Wochenende auch mal übernachten. Dammich noch mal."
„Kein Mietvertrag?", fragte Ellen den ehemaligen Bauern, der den Hof schon lange aufgegeben hatte und nun in Eutin lebte. Holtmann kratzte sich am Kopf. „Neeee, wegen der Steuern ..."
Ellen gab ihm ihre Karte. „Kommen Sie bitte heute Nachmittag ins Präsidium. Wir brauchen eine Beschreibung des Mieters. Vielleicht können Sie mit unserem Experten ein Phantombild erstellen."
Alfred kam die Treppe herunter, einen blauen Müllsack in der Hand. „Blutiges Bettzeug, sonst nichts. Nehmen wir mit ins Labor."
In der Kriminaltechnik wurden die Fundstücke sorgfältig untersucht und die genommenen Fingerabdrücke in den Computer eingelesen, wo sie elektronisch mit den bereits gespeicherten verglichen wurden.

Ewald Franzen führte das Juweliergeschäft in dritter Generation. Er selbst das Hauptgeschäft in Lübeck, seine Frau die Filiale in Timmendorf. Sein Geschäft war vor Jahren überfallen worden und man hatte auch von ihm

Fingerabdrücke genommen, um sie von denen der Täter unterscheiden zu können.

Nun hatte der Computer seine auf einem der Gläser gefunden und er hielt dem Verhör, dem Ellen und Herbie ihn unterzogen, keine zehn Minuten stand. Als sein Anwalt, den anzurufen ihm Ellen pflichtgemäß dringend geraten hatte, erschien, hatte er alles ausgesagt, was er wusste. Drei der anderen Gäste kannte er und jeder dieser anderen kannte wiederum Teilnehmer der „Party".

Ellen und Herbie bekamen Verstärkung von der „Sitte", die ihnen einen Teil der Vernehmungen abnahm; am Abend des zweiten Tages hatten sie alle Aussagen aufgenommen und an die Staatsanwaltschaft weitergeleitet, die nun die Anklagen vorbereitete.

„Feine Bande", schimpfte Herbie. „Alles gut gestellte und angesehene Mitglieder der Gesellschaft. Die kriegen maximal 'ne Bewährungsstrafe. Wenn überhaupt. Hast du die Karren der Anwälte gesehen?"

Ellen nickte düster. Sie wusste, dass all die Mühe, die sie sich bei der Aufklärung gemacht hatten, letztlich vor dem Richtertisch kleingeredet und für „nicht stichhaltig" befunden werden würde, weil vielen dieser Herren nun mal Geld über Moral ging. Was bedeuteten da schon ein paar Teenager, und dann noch aus dem Osten.

„Wir müssen diesen Ivan kriegen", sagte sie. „Damit das aufhört!"

Herbie kam zu ihr und legte seine Hand auf ihre Schulter.

„Das hört nie auf", murmelte er.

Franzens Anrufliste auf seinem Handy, die sie kopiert hatten, bevor sein Anwalt das untersagt hatte, brachte sie auf Ivans

Spur. Herbie hatte nacheinander die nicht identifizierbaren Nummern angerufen und seinen Spruch gesagt.

„Hab gehört, Sie veranstalten solche – Partys? Kann man da mitmachen?"

Neunmal kam nichts dabei raus, aber beim zehnten Anruf sagte eine slawische Stimme „Werr hat Ihnen gesaggt? Saggen Sie die Name."

Herbie unterbrach das Gespräch, aber nun hatten sie eine Spur und ließen das Handy, zu dem die Nummer gehörte, orten.

Ellen und Herbie hatten sich mal wieder beim Observieren abgewechselt. Die enge Straße vor der *Koralle* bot wenig Tarnung und so mussten sie in ihren Autos sitzen bleiben und die Kneipe beobachten.

Die *Koralle* war früher mal eine ganz normale Kneipe gewesen. Die Gäste waren Leute aus dem Ort. Die freiwillige Feuerwehr hatte dort einen Stammtisch mit Wimpel drauf gehabt und an der Wand neben dem Tresen hing der unvermeidliche Sparklubkasten. Touristen kamen sehr selten hierher, denn die *Koralle* lag schon fast außerhalb von Travemünde und der äußere Eindruck war nicht sehr verlockend.

Der Wirt, Heinz Evers, ein früherer Seemann, wollte das Lokal schließen, als seine Frau starb, aber dann sprach ihn ein Mann an und machte einen Vertrag mit ihm. Evers zog in die Seniorenresidenz Rosenhof und bekam eine monatliche Überweisung, und die neuen Betreiber unterzogen die *Koralle* einer gründlichen Renovierung. Es gab keine Überprüfung vonseiten des Ordnungsamtes, denn nominell war Evers weiterhin der Betreiber und seine Konzession war gültig.

Die früheren Gäste allerdings sah man nicht mehr im Lokal. Nach außen hin war nicht viel verändert worden, aber der vormalige Sechziger-Jahre-Charme-Gastraum war einer schicken Bar mit verspiegelten Wänden gewichen und im Hintergrund führte eine kleine Wendeltreppe in die oberen Räume. Wo früher Heinz und Hermine Evers' Wohnung gewesen war, gab es jetzt kleine Zimmer mit breiten Betten.

„Samstagabend?", fragte Herbie und Ellen nickte.

Die Aktion wurde gut vorbereitet und der Einsatzleiter des SEK verteilte seine Leute auf den Vorder- und Hinterausgang.

„Wir gehen mit rein", sagte Ellen, aber er schüttelte den Kopf.

„Ihr seid wohl nicht lernfähig, was?", fragte der durchtrainierte Hauptkommissar sie.

„Erinnert euch an die Sache im *Citywave*."

Ellen und Herbie mussten nachgeben und blieben draußen, während der Einsatztrupp das illegale Bordell stürmte. Sie erstarrten, als aus dem Innenraum Schüsse zu hören waren. Rufe, Schreie, wieder Schüsse. Die kurze, abgehackte Salve einer Maschinenpistole.

Ellen hatte sich hinter ein Auto geduckt und spähte gerade in dem Moment über den Kotflügel, als hinter dem Gebäude eine Gestalt hervorkam und über die Straße rannte. Ellen hatte ihre Dienstwaffe schon gezogen, entsicherte sie und richtete sich auf.

„Halt, stehen bleiben! Polizei!", rief sie.

Der Mann riss in vollem Lauf die Maschinenpistole herum, die er in Händen hatte, und Kugeln schlugen um Ellen herum in das Blech der geparkten Fahrzeuge.

Sie schoss zweimal und duckte sich wieder. „Wie im Ausbildungsschießkino", dachte sie.

„Sicher!", rief eine Stimme.

„Sicher!", antwortete eine andere.

Herbie kniete plötzlich neben ihr.

„Ganz ruhig", sagte er „Der Krankenwagen ist gleich da."

Sie wollte sich aufrichten, aber es ging nicht. Es tat überhaupt nicht weh und sie betrachtete erstaunt den Blutfleck, der sich auf ihrem Oberschenkel ausbreitete. „Scheiße", dachte sie, dann wurde sie ohnmächtig.

„Was machst du bloß für Sachen", sagte Udo.

Das Krankenzimmer ähnelte mittlerweile einem Blumenladen. Ein etwas mickriger Strauß des Polizeipräsidenten und ein paar große Buketts von Kollegen und nun Udos gewaltiger Rosenstrauß.

Ellen lächelte mühsam. Sie war erst vor ein paar Stunden aus der Narkose erwacht.

„Glatter Durchschuss", hatte der Arzt sie getröstet, „da bleibt nichts nach. Eine Narbe vielleicht, die Sie Ihren Enkeln zeigen können."

„Enkel", dachte Ellen. „Ich hab nicht mal Kinder."

Udo setzte sich auf die Bettkante.

„Musst du denn immer vornean mitmachen?", fragte er beklommen.

„Hab ich gar nicht! Das SEK war drinnen, aber einer wollte abhauen und dann ..."

Vor ihrem Auge erschien die Szene wieder.

Herbie, der schon vor Udo da gewesen war, hatte sie ins Bild gesetzt. „Du hast Ivan erwischt, Blattschuss. Ansonsten voller Erfolg. Drei von den Typen verhaftet. Fünf minderjährige Mädchen befreit, darunter diese Nadja und Halina. Ein SEK-Mann liegt auch hier auf der Station, hat aber nur einen Streifschuss. Na, komm mal erst mal wieder auf die Füße, Mädchen. – Hier, damit du dich nicht langweilst."

Er gab ihr einen Krimi und sie verzog das Gesicht, als sie den Titel las – *Tod im Morgengrauen*.

Udo streichelte ihre Hände.

„Der Arzt sagt, du kannst nächste Woche nach Hause. Ich nehm mir ein paar Tage frei und spiel den Pfleger", sagte er und Ellen lächelte.

„Besorg dir so ein Pfleger-Outfit", sagte sie. „Ich steh auf so was."

Als er ging, schlief sie ein.

Der Wetterbericht war richtig euphorisch gewesen. Allerbestes, sonniges Wetter für das ganze kommende Wochenende und Nina hatte mehr oder weniger allein durchgesetzt, dass sie zu viert einen Wochenendtörn machen sollten.

„Hast du ein Boot frei am Wochenende?", hatte sie Paul gefragt und der hatte nur kurz aufgelacht und auf den Hafen gewiesen. Sie hatte dann die Idee aufgebracht, zwei Boote zu nehmen und eine Wettfahrt nach Maasholm in der Schleimündung zu machen.

Widerstrebend musste Paul zugeben, dass ihm das gefiel. Endlich mal wieder so richtig die Segel ziehen lassen und ein bisschen Adrenalin einer Wettfahrt noch dazu. Selbst Cora begeisterte sich dafür und so machten sie am Freitagabend *Freya* und *Baldur* klar.

Die beiden völlig gleichen, knapp zehn Meter langen Schiffe lagen nebeneinander am Ende des Steges. Des angesagten guten Wetters wegen wäre die Tour beinahe doch noch ausgefallen, denn plötzlich hatte es Anfragen von Hamburger Seglern geregnet, die für das Wochenende ein Boot wollten.

Normalerweise vermietete Paul nur wochenweise, aber jetzt konnte er nicht wählerisch sein. Aber es waren doch zwei Boote übrig geblieben.

Am Abend saßen sie wie gewohnt im *Oswalds* und losten aus, wer mit wem fahren sollte. Gerd mischte umständlich die Asse der vier Spielfarben und hielt sie Cora aufgefächert hin. Sie zog Karo und legte sie vor sich hin. Es war ausgemacht, dass Karo und Kreuz gegen Herz und Pik fahren würden. Paul zog Herz und nun lag es an Nina. Sie zog Kreuz und warf die Karte schwungvoll auf den Tisch.

„Ha, Schwesterherz. Wie in alten Zeiten! Den Jungs werden wir mal ein bisschen Hecksee zu schmecken geben, was?"

Gerd sah ein wenig betrübt aus. Er war ein guter Seesegler und Navigator, aber von Regatten und Segeltrimm hatte er keine Ahnung.

„Tja, Paul", meinte er nach einem tiefen Zug Bier. „Da können wir wohl einpacken."

„Du spinnst wohl", antwortete der. „So eine Yacht ist was anderes als die Jollen früher. Halt dich nur an das, was ich sage, dann sollen die Damen mal sehen."
So ging das noch eine ganze Weile und es wurde richtig spät in der gemütlichen Kneipe.

Der nächste Morgen zog auf wie versprochen: ein Bilderbuch-Sonnenaufgang, der das Land in ein wie verzaubertes rötliches Licht tauchte.
Fast zur gleichen Zeit kamen sie im Hafen an. Gerd schleppte zwei große Reisetaschen, in denen neben Schlafsäcken und anderen nützlichen Sachen auch diverse Flaschen verstaut waren.
Die Last verstärkte sein leichtes Hinken etwas, das er einem schweren Unfall während seiner Bundeswehrzeit zu verdanken hatte. Sein Motorrad war damals ins Schleudern geraten und er war gegen ein geparktes Auto geprallt. Sein linkes Schienbein war dabei regelrecht zersplittert und nur mehrfache schmerzhafte Operationen und eine lange physiotherapeutische Behandlung hatten das Bein gerettet.
Paul hatte schon die Bezüge von den Großbäumen abgenommen, während Cora belegte Brötchen vom Bäcker auf der anderen Straßenseite besorgt hatte.
Sie warf Paul eine der Tüten zu.
„Hier, damit ihr nicht verhungert, während ihr uns hinterherhechelt."
Paul grinste. „Abwarten, mein Schatz", antwortete er.
Aus der Kajüte der *Baldur*, dem Boot der Frauen, drang Kaffeeduft. Nina hatte sich bereits nützlich gemacht. Gerd

breitete umständlich eine Seekarte der Lübecker Bucht auf der Bank aus und Paul lachte.

„Hier brauchen wir keine Karte, Alter. Ist doch unser Hinterhof, aber ruf mal in Heiligenhafen beim Hafenmeister an, ob das Schießgebiet bei Putlos aktiv ist. Die Nummer ist ans Schott gepinnt."

Gerd ging nach unten und Paul hörte ihn telefonieren.

„Bis dreizehn Uhr ist da noch gesperrt", berichtete er, als er wieder nach oben kam.

„Hmm", meinte Paul. „Bei dem Wind schätze ich, dass wir so ungefähr um die Zeit da langkommen. Wenn's früher ist, müssen wir außen rum."

„Ich sag das mal den Mädels", sagte Gerd und wollte auf die *Baldur* übersteigen.

„Nix da", hielt ihn Paul zurück. „Wir haben Regatta und an so was muss man eben denken!"

Zögernd nahm Gerd die Hand von der Reling. „Du kämpfst aber mit allen Mitteln, was?"

„Man muss sehen, wo man bleibt", lachte Paul, der früher so manche Regatta gewonnen hatte, weil er eben immer an alles gedacht hatte.

Nina reichte eine gefüllte Thermosflasche herüber und dann ließen Paul und Cora die Motoren an. Die Diesel sprangen sofort an und Paul überzeugte sich davon, dass Kühlwasser aus dem Auslass trat. Nina und Gerd lösten die Vorleinen und stiegen an Bord und dann bewegten sich die schlanken weißen Boote rückwärts in das Hafenbecken hinaus.

Paul ließ Cora den Vortritt und folgte der *Baldur*, die nun langsam auf die Hafeneinfahrt zuglitt. Es war noch nicht acht Uhr, aber die Sonne hatte schon Kraft und ein stetiger

Südwest mit etwa 3 Windstärken ließ die Fallen an den Masten klingeln.

Nach dem Passieren des alten Zollhauses konnte Paul die Orte von Timmendorf bis Sierksdorf wie eine Perlenkette in der Sonne glänzen sehen. Ein kleiner Fischkutter kam ihnen entgegen. Am Heck wehten die kleinen roten Fahnen an den Bojenstangen, die noch eben die Lage der Stellnetze bezeichnet hatten.

„Moin, Henner!", rief Paul dem weißbärtigen Fischer zu, der kurz seine Mütze lüpfte.

An der Ansteuerungstonne nahm Cora das Gas weg, damit die *Freya* aufholen konnte. Paul steuerte sie längsseits.

„Auf die Plätze, fertig, los!", rief Nina und Cora drehte nach links in den Wind. Nina setzte schon blitzartig das Großsegel, bevor Paul begriff, dass Cora ihn reingelegt hatte. Er hatte auf der vom Wind abgewandten Seite der *Baldur* gelegen und musste nun warten, bis die aus dem Weg war. Schon drehte das Boot der Frauen nach Steuerbord und Cora holte die Großschot dicht, während Nina die große Genua ausrollte und mit der Winsch anspannte, als gelte es, die Olympiamedaille zu gewinnen. Ehe Gerd und Paul auch so weit waren und, nachdem der Diesel abgestellt war, auf Kurs gehen konnten, war die *Baldur* dreihundert Meter voraus.

„Puh, die haben nichts verlernt!", keuchte Gerd und wischte sich den Schweiß von der Stirn.

„Mmmmm", brummte Paul.

„Manöverschluck!", meinte er dann. „Hol mal die Sherryflasche aus dem Schapp."

Gerd grinste und holte die Flasche. Nach altem Brauch goss Paul einen guten Schluck ins Wasser, um Neptun und

Rasmus, die Götter der See und des Windes, zu besänftigen. Dann nahmen sie jeder selbst einen Schluck. Auf der *Baldur* hatte Nina das Fernglas vor den Augen.

„Die haben schon mal die Sherrypulle draußen", sagte sie.

„Auch 'n Manöverschluck, Cora?"

„Klar, aber Prosecco, Ninalein. Hab welchen ins Eisfach gelegt." Nina hasste es, wenn Cora sie „Ninalein" nannte, holte aber die Flasche.

Sie hielten sich dicht unter Land, und erst als sie Grömitz passierten, zwang sie eine leichte Winddrehung dazu, etwas weiter auf die See hinauszufahren. Viele Yachten liefen aus dem dortigen Hafen aus und Paul entdeckte seine *Loki*, die am Vorabend von einem Hamburger Kaufmann gechartert worden war.

Trotz allem Segeltrimm und Ausnutzen vermeintlicher Windvorteile war es den Männern nicht gelungen, näher an die führende *Baldur* heranzukommen. Die Sonne schien und Gerd und Paul beschlossen, die Sache gelassen zu nehmen.

„Weißt du? Ich hätte nicht gedacht, dass das noch mal was wird mit meinem Traum. Die Südsee ... Mensch, weißt du; was das für mich bedeutet?" Gerd wartete gar nicht auf eine Erwiderung, sondern begann zu schwärmen und von seinen Plänen zu erzählen und Paul hörte ziemlich beklommen zu. Erst als sie Großenbrode links liegen ließen und sich der Fahrrinne durch den Fehmarnsund näherten, schien das Thema erschöpft.

Auch auf der *Baldur* hatte es interessante Gespräche gegeben. Die Schwestern, die sich früher so nah gewesen waren, hatten in letzter Zeit einige Distanz aufgebaut, die nun unter dem gemeinsamen Segelerlebnis wieder schrumpfte. Es juckte Cora in den Fingern, ihrer Schwester von ihrem Surfen im Internet zu erzählen, wo sie auf einer Kontaktseite Dirks diskrete „Seitensprung-Anzeige" gefunden hatte.

Links von ihnen ragte nun die große Brücke auf, unter der sie hindurch mussten. Es war kurz vor elf und in beiden Richtungen war ein stetiger Strom von Booten unterwegs. Leider kam der Wind nach der nötigen Kursänderung nun fast von vorn und Nina rollte die Genua ein und holte den Großbaum dicht, während Cora den Motor startete.

Sie wusste nicht, ob Paul das als Regelverstoß auslegen würde, aber es ging nicht anders, denn Kreuzen war bei dem Verkehr in der engen Fahrrinne ausgeschlossen.

Wie richtig dieser Entschluss gewesen war, zeigte sich schon bald, denn ein großes Minensuchboot der Bundesmarine kam ihnen entgegen und beanspruchte viel Platz. An der Reling lehnten einige Matrosen, die winkten und pfiffen, als sie erkannten, dass die beiden hübschen Frauen allein auf der Yacht waren. Cora, aufgekratzt vom Prosecco, warf ihnen Kusshände zu, was den Matrosen einen Anpfiff ihres Vorgesetzten eintrug.

Nina sah, dass die *Freya* ebenfalls unter Motor in die Fahrrinne schwenkte und sichtbar aufholte.

„Du, Cora, die nutzen das Motoren schamlos aus. Gib mehr Gas!"

Auch Cora legte nun den Hebel auf Vollgas; der Diesel dröhnte auf und ließ die Distanz wieder anwachsen.

„Ich lass den Motor noch bis Heiligenhafen laufen, dann können wir wieder ordentlich segeln", sagte Cora und Nina nickte.

Als sie dann endlich wieder unter vollen Segeln unterwegs waren und Nina noch mal ihre Gläser vollschenkte, hielt es Cora nicht mehr aus und sie erzählte ihrer Schwester von ihrem Abenteuer, wobei sie ein paar Details ausließ, aber auch so blieb Nina vor Überraschung der Mund offen stehen.

„So was machst du? Und ich dachte, Paul und du ...“

Sie beendete den Satz nicht.

Cora trank einen Schluck, dann sagte sie: „Da ist irgendwie die Luft raus bei uns beiden. Paul ist so anders in letzter Zeit. Ich frag mich, ob das wirklich alles gewesen ist ... ich meine ...“ Auch sie beendete den Satz nicht, aber Nina verstand auch so. Ihre Gedanken wirbelten. Vielleicht war die Ausführung ihres Planes gar nicht nötig.

„Aber ich werde ihn nie verlassen. Ich werde nur sehen, dass ich ein bisschen mehr vom Leben habe. Du hältst doch den Mund, oder?“, beendete Cora diese Spekulation sofort wieder.

Sie sah ihre Schwester prüfend und ein bisschen streng an.

„Klar doch“, sagte Nina mit etwas belegter Stimme.

„Wenn Cora wüsste ...“, dachte sie beklommen. Cora war ihre Schwester, aber sie stand ihr und ihrer Liebe im Weg ... und trotzdem ...

Pauls Stimmung war um hundert Prozent gestiegen. Gerd hatte ihm eben eröffnet, dass er gern eines von Pauls Booten für seinen Törn kaufen wollte, er hatte einen sehr guten Preis vorgeschlagen, der das Geschäft für mindestens ein halbes Jahr über Wasser halten würde.

„Welche willst du? Kannst dir aussuchen, welche du nimmst!“, rief er euphorisch.

„Ich glaube, ich nehme die hier", sagte Gerd und tätschelte die Sitzbank der *Freya*.

„Muss natürlich noch 'ne Menge dran gemacht werden. Selbststeuer-Anlage, größere Tanks für Wasser und Diesel, Sturmsegel ... naja, ziemlich viel."

Nun hatten sie ein Thema, das sie ausschöpften, bis es Paul plötzlich einfiel, auf die Uhr zu sehen und mit einem Blick auf die Karte ihre Position mit dem Ufer zu vergleichen, wo sich ein schlanker Wachtturm gegen den Horizont abzeichnete. Voraus waren orangefarbene Tonnen sichtbar, die sich in einem Bogen um das Schießgebiet der Bundeswehr bei Hohwacht spannten. Paul ließ die *Freya* abfallen, was ihn auf Nordwestkurs um das Gebiet herumführen würde, und sah mit einem diebischen Grinsen, dass die *Baldur* weiter geradeaus segelte.

An Bord der *Baldur* waren Cora und Nina so in ihr Gespräch vertieft, dass ihnen völlig entging, dass Boote, die vor ihnen segelten, eines nach dem anderen abdrehten und den notwendigen Umweg um die Tonnen nahmen.

„Was will der denn von uns?", fragte Nina plötzlich, als eine graue Barkasse mit einem Blaulicht am kurzen Signalmast mit schäumender Bugwelle auf sie zuhielt und nachdrücklich ihr Signalhorn erschallen ließ.

„Scheiße, wir sind im Sperrgebiet!", entfuhr es Cora, die dieses blöde Schießgebiet völlig vergessen hatte.

„Stoppen Sie auf!", befahl der Mann am Bug des Motorbootes durch seinen Lautsprecher und Nina rollte die Segel weg.

Die *Baldur* verlor ihre Fahrt und das Motorboot drehte neben ihnen bei und kam längsseits.

„Ich weiß, ich weiß ...", wehrte Cora den Beamten ab, der gerade zu einer Belehrung ansetzen wollte.

„Wir haben uns verschwatzt und nicht auf den Kurs geachtet", gab sie zu, was den Wasserschutzbeamten etwas friedlicher stimmte, zumal er gegen die Reize der beiden Seglerinnen nicht resistent war.

„Ich müsste Ihnen eigentlich eine Verwarnung von achtzig Euro aussprechen ... Na ja, nominell ist das Schießgebiet noch eine halbe Stunde aktiv, aber die haben schon Feierabend gemacht. Aber das nächste Mal beachten Sie bitte die Sperrzone!"

Er grüßte, indem er einen Finger an die Mütze legte, und das Boot drehte mit dröhnendem Motor ab.

„Puh, noch mal Glück gehabt", meinte Nina und schüttelte ihre rote Mähne.

„Diese Schufte!", schimpfte Cora und wies in Richtung der *Freya*, die sie mittlerweile an Steuerbord überholt hatte. „Die haben das gewusst und uns nicht gewarnt. Na wartet."

Der Wind hatte jetzt etwas zugelegt, und nachdem Nina schnell alle Segel gesetzt hatte, entspann sich eine wilde Aufholjagd, die erst vier Stunden später mit der Einfahrt in die Schleimündung endete. Eine endlose Kette von Booten lief um diese Zeit am schwarz-weißen Leuchtturm vorbei in den Fjord ein und die *Freya* hatte ihren Vorsprung, den sie durch den Zwangshalt der Frauen herausgeholt hatten, nur sehr knapp behaupten können.

Maasholm war überfüllt, aber Paul wusste, dass es einen kleinen Steg neben dem Bootsslip gab, der am Abend wohl nicht mehr benutzt werden würde. Nebeneinander machten die beiden Yachten fest und Paul ging in die Hafenmeisterei, um die Hafengebühren zu entrichten.

„Jooo, ihr könnt bis morgen da liegen bleiben", beschied der sympathische rothaarige Hafenmeister, den Paul von früher her gut kannte.

Sie verbrachten ein wunderschönes Wochenende in dem kleinen Fischer-Ort. Nina und Paul bekamen sogar Gelegenheit, ein wenig allein zu sein. Gerd wollte unbedingt in ein Geschäft, das Seekarten führte, und Cora hatte sich zu einem Mittagsschläfchen hingelegt. Paul kannte sich hier aus und führte Nina auf einem schmalen Weg um die Bucht herum auf einen kleinen Hügel, auf dem eine Steinsäule bezeugte, dass man sich exakt auf dem 10. Längengrad befand, in einer Linie mit Hamburg und Tunis.

Es gab dort eine Bank, auf der sie Platz nahmen. Obwohl der Hügel nur knapp zwanzig Meter hoch war, hatte man einen herrlichen Ausblick auf die offene See, auf der viele Segel sichtbar waren. Sie küssten sich.

„Es ist so schön hier ...", flüsterte Nina.

Paul schwieg zunächst.

„Dein Plan ...", sagte er dann. „Meinst du nicht, es geht auch anders? Ich meine ... sie ist deine Schwester! Und Gerd kann ja eigentlich nichts dafür."

Nina sagte nichts, aber am Zucken ihrer Schultern merkte Paul, dass sie weinte. Sanft strich er durch ihr Haar und nach einer Weile beruhigte sie sich.

„Glaubst du, ich hätte nicht alles Mögliche überlegt", flüsterte sie dann. „Natürlich könnten wir vielleicht einfach so reinen Tisch machen, aber wir hätten – nichts. Cora würde dir finanziell das Fell über die Ohren ziehen; ich kenne meine Schwester."

„Es ist schwer, ihnen etwas vorzuspielen", sagte Paul leise und dann küssten sie sich lange.

Am Abend aßen sie ein ausgezeichnetes Dorschfilet im *Störtebeker* und saßen dann bis in die tiefe Nacht in der Kajüte der *Baldur*.

Am nächsten Morgen weckten sie die Geräusche des erwachenden Hafens. Der große Rettungskreuzer, der seinen Liegeplatz gleich neben ihnen hatte, lief zu einer Routinefahrt aus und sein lauter Diesel zerriss die Stille. Aus den Booten tauchten überall verschlafene Gestalten auf und bald bildete sich eine Karawane von mit Kulturbeuteln und Handtüchern ausgerüsteten Seglern, die dem Waschhaus zustrebten.

Gerd war zuerst fertig und holte frische Brötchen. Nach einem ausgiebigen Frühstück legten sie ab und nahmen Kurs auf Fehmarn. Der Wind blies mäßig aus West und sie konnten, weil das Schießgebiet geschlossen war, direkten Kurs steuern. Diesmal fuhr Cora mit Paul und Gerd mit Nina, aber die Boote segelten so dicht nebeneinander her, dass hin und wieder sogar eine Unterhaltung zwischen den Booten möglich war.

Es wurde ein sehr schöner, durch keinen Rennstress gestörter Segeltag. Die Sonne schien so intensiv, dass alle überflüssigen Kleidungsstücke nach und nach abgelegt wurden. Die Frauen legten sich vor dem Mast in die Sonne und ließen sich nahtlos bräunen.

Am frühen Nachmittag passierten sie die Fehmarnsund-Brücke und segelten dann auf die schon schemenhaft sichtbare Kontur des Travemünder Maritim-Hotels zu. Sie liefen in den Niendorfer Hafen ein und Paul sah, dass drei seiner Charterboote schon zurück waren. Die Charterer warteten ungeduldig darauf, die Boote übergeben zu können, und Nina, die das schon oft gemacht hatte, half Paul, die Boote schnell auf Schäden zu untersuchen.

Paul musste eine unerfreuliche Viertelstunde lang mit einem der Skipper diskutieren, bevor der zugab, dass er den Schaden am Vorsegel verursacht hatte, und Paul behielt einen Teil der Kaution ein.

„Bei Ihnen chartere ich nie wieder!", verabschiedete sich der Kunde lautstark und Paul ärgerte sich, denn die Leute auf den anderen Booten hatten das mitbekommen und das war geschäftsschädigend.

„War 'ne kurze Nacht gestern", murmelte Gerd, der mittlerweile das Gepäck zu den Autos gebracht hatte.

Nina nickte. „Ja, bloß noch nach Hause und Füße hoch und Fernseher an", brachte sie unter Gähnen hervor.

Paul musste noch bleiben, aber es dauerte zum Glück nicht lange, bis das letzte seiner Boote wieder sicher vertäut im Hafen lag. Dann konnten auch er und Cora nach Hause fahren.


„Ah, Lorenzen, darf ich mich zu Ihnen setzen?" Kriminalhauptkommissar Lorenzen saß an einem Fenstertisch der Präsidiumskantine und hatte noch die Reste seiner Rindsroulade vor sich. Lorenzen wollte aufstehen, aber Polizeirat Bäumer winkte ab und setzte sich.

„Glückwunsch zu den Erfolgen Ihrer Truppe. Wie geht es Frau Hamann?"

„Ich habe sie gestern angerufen. Sie wird ab Montag wieder dienstfähig sein, allerdings vorerst nur Innendienst", antwortete Lorenzen.

Bäumer nickte. „Sehr gut. Ich hab mir die Berichte ihrer letzten Einsätze angesehen. Sie wird befördert. Außer der Reihe, aber Einsatz muss belohnt werden."

Lorenzen nickte. „Ist auch meine Meinung. Ich wäre deswegen sowieso zu Ihnen gekommen. Die beiden sind mein bestes Team und haben es verdient."

„Äh", machte Bäumer. „Ich weiß ja, Pring ist auch gut, aber ich kann nur eine Stelle vergeben."

Lorenzen ließ seine Kaffeetasse sinken. „Dann muss Pring die Stelle haben. Er ist dienstälter. Anders macht das der Personalrat auch nicht mit."

Bäumer schaute nach draußen.

„Lorenzen", sagte er dann. „Ich habe ein Schreiben des Innenministeriums auf meinem Schreibtisch. Frauenproporz. Quote. Sie verstehen? Dem kann sich auch der Personalrat nicht verschließen."

Er stand auf.

„Formal brauche ich Ihren Beförderungsantrag für Frau Hamann. Noch heute bitte. Pring kriegt die nächste freie Stelle, versprochen."

„Versprochen, ha", dachte Lorenzen, der wusste, wie selten Beförderungen bei der Haushaltslage geworden waren.

Polizeirat Bäumer war zufrieden, auch wenn er insgeheim die Meinung Lorenzens teilte. Aber das war eben sein Job: das große Übergeordnete. Während Lorenzen sich um seine Leute zu kümmern hatte. Gut gelaunt eilte er in den Konferenzraum und sonnte sich im Blitzlichtgewitter der Pressefotografen. Er hatte in der Vergangenheit ziemlich viel Prügel von der schreibenden Zunft Lübecks bezogen. Aber dieser Erfolg war „sein" Erfolg und den kostete er weidlich aus.

Ellen war das alles unangenehm. Zu offensichtlich war die Bevorzugung, die sie erfuhr, weil sie das „richtige" Geschlecht hatte. Sie hatte sich sehr gefreut, als Lorenzen ihr die Nachricht über ihre Beförderung brachte, aber als er sagte, dass Herbie leer ausging, hatte sie protestiert. Herbie hatte es hingenommen, aber seither war ihr Verhältnis merklich abgekühlt.

„Ich kann doch nichts dafür!", hatte sie gesagt und wollte ihn wie gewohnt auf ein Bier im *Holstenstübchen* einladen, aber er hatte abgelehnt und seitdem redete er außerdienstlich kaum noch mit ihr.

Aber andererseits war sie stolz auf ihren neuen Rang und sie dachte an ihren Vater, der auch bei der Polizei gewesen war. Wie stolz wäre auch er gewesen, wenn er das erlebt hätte. Ihre Eltern waren bei einem Unfall ums Leben gekommen und nun hatte sie nur noch Udo. Die Woche, in der Udo sie als „Pfleger" umsorgt hatte, war sehr schön gewesen und die Paartherapeutin schien recht zu behalten.

Sie besuchten weiterhin ihre Therapiestunden.

„Wir sind jetzt an einem Punkt, wo Sie denken, Sie brauchen keine weitere Hilfe", hatte sie beim letzten Mal gesagt und Udo und Ellen hatten gelächelt, weil sie genau das empfanden.

Sie hatten wunderbaren, aufregenden Sex gehabt während dieser Woche, obwohl Udo sehr auf ihre Wunde achten musste. Die Therapeutin kannte das. Nach der Halbzeit der angesetzten Stunden glaubten die Leute, alles wäre gut. Ihre Erfahrung war eine andere.

„Ich möchte, dass Sie, sozusagen als Hausaufgabe, aufschreiben, was Sie für sich allein und für sich als Paar für die Zukunft erwarten. Sie sollten sich in diesen zwei Wochen, wenn möglich, nicht sehen. Das ist wichtig, glauben Sie mir."

Udo und Ellen verstanden das zwar nicht so recht, aber sie hielten sich an die Vorgabe und Udo zog zu seinem Freund Sebastian, der eine große Wohnung in der Innenstadt hatte.

Die nächsten Tage waren mit Ermittlungen angefüllt und ließen ihr kaum Zeit zum Nachdenken. Herbie brütete hinter seinem Monitor und knurrte nur ab und zu vor sich hin. Auch Ellen ging ihren eigenen Spuren nach. Die Atmosphäre im Büro war angespannt und Ellen versuchte sie aufzulockern, was ihr aber nicht gelang. Deshalb war sie erleichtert, als Herbie sie plötzlich ansprach.

„Hier, ich hab was gefunden. Die Waffen stammen aus Weißrussland", sagte Herbie. „Wir haben einen Hinweis aus der Szene und einer der Festgenommenen hat ausgesagt."

„Zeig mal", antwortete Ellen, und Herbie reichte ihr den Bericht. „Autohof Reinfeld", sagte sie, als sie ihn gelesen hatte. „Da, wo McDonald's ist?"

Er nickte.

„Haben wir was über diesen Oleg Skudin?", fragte sie und er drehte seinen Flatscreen so, dass sie lesen konnte.

Die übliche Biografie eines Gangsters aus dem Osten, den das Zusammenbrechen des Sowjetreichs um seine Karriere bei Geheimdienst oder Armee gebracht hatte.

Skrudin hatte seine alten Kontakte offenbar sorgfältig gepflegt, denn dem Bericht aus verschiedenen Quellen zufolge herrschte er nun uneingeschränkt über ein Netz von Schmugglern und Drogenhändlern, die sich auf den regen LKW-Verkehr stützten, den es nun zwischen den Ländern der ehemaligen Sowjetunion und der EU gab.

„Großer Fisch", sagte Ellen. „Wieso hat den noch keiner hoch genommen?"

Herbie grinste. „Zu großer Fisch für unsere kleinen Netze. Keiner konnte ihm was nachweisen. Er lässt machen und die, die wir fangen, kann er leicht ersetzen. An dem haben sich die Kollegen aus Hamburg schon die Zähne ausgebissen."

Ellen stand auf und trat ans Fenster. Herbie sah ihr zu. Sie humpelte noch immer ein wenig, aber es wurde jeden Tag ein bisschen besser.

„Noch Schmerzen?", fragte er und Ellen war glücklich, dass er sich wieder mal privat an sie wandte.

„Nur wenn ich dran denke", sagte sie und wollte ihn gerade fragen, ob er nicht mal wieder Lust auf ein Bier mit ihr hätte, als er abrupt aufstand und aus dem Zimmer ging.

Zehn lange Tage lang versuchten sie Oleg Skudin irgendetwas nachzuweisen und schließlich gelang es Ellen, ihn persönlich zu treffen. Sie war nach Reinfeld auf den Autohof gefahren und hatte auf gut Glück in der Raststätte nach ihm gefragt.

„Sitzt da in der Ecke", hatte die Kellnerin zu ihrer Überraschung gesagt und Ellen wendete den Kopf.

Ein Mann saß dort und las Zeitung. Die Brille auf der Nase veränderte das Gesicht vollkommen; sie hätte ihn nach dem

Foto in der Akte nicht erkannt. Er sah auf, als sie vor seinem Tisch stehen blieb.

„Polizei?", fragte er lächelnd und sie sah ihn erstaunt an.

„Das sehen Sie mir an?", fragte sie.

„Ja", antwortete er. „Setzen Sie sich zu mir. Kaffee?"

Ellen nickte und nahm ihm gegenüber Platz. „Das ist aber kein Kompliment für mich ...", sagte sie dann.

Er nahm die Brille ab, aber selbst jetzt sah er seinem Foto nicht ähnlich. „Sie sind sehr hübsch, aber Sie sind hinter mir her, nicht wahr?", sagte er und lächelte wieder.

Ellen sah ihn prüfend an. „Wir brauchen ein neues Foto von Ihnen ... Das in der Akte."

Sie beendete den Satz nicht, denn die Kellnerin brachte den Kaffee und sie trank einen Schluck, der ihr die Zunge verbrannte.

„Ist immer heiß hier, der Kaffee. Wegen der Lastwagenfahrer", sagte Oleg leichthin. „Ich schicke Ihnen ein neues Foto in Ihr Büro. Hamburg? Rostock? Lübeck?" fragte er.

„Lübeck", antwortete Ellen. „Wir haben bei einer Razzia Waffen sichergestellt und die Spur führt hierher – zu Ihnen", sagte sie leise. Oleg schwieg und drehte sein Weinglas hin und her.

„Zu mir", sagte er fast ein wenig amüsiert. „Ich habe in der Zeitung von einer Razzia gelesen. Eine Polizistin wurde angeschossen." Er sah sie an. „Waren Sie das?"

Ellen nickte.

„Kein Wunder, dass Sie das persönlich nehmen", sagte Oleg. „Ich kann Ihnen nicht helfen", fügte er hinzu und sie stand auf.

„Sie sprechen ein ausgezeichnetes Deutsch", sagte Ellen und

Oleg Skudin, der sich auch erhoben hatte, verneigte sich leicht. „Wir hatten gute Schulen in Moskau."
Sie nickte und wandte sich zum Gehen. „Ach, gut, dass Sie diesen Djusko Mesica erwischt haben!", rief Skudin ihr nach; sie drehte sich um und starrte ihn an. Oleg grinste.


Der nächste Tag verlief wie gewohnt. Paul war durch die Aussicht auf das Geld aus dem Verkauf der *Freya* seit langer Zeit mal wieder relativ entspannt und deshalb traf ihn die böse Überraschung umso härter. Gegen elf Uhr betrat ein in einem korrekten Geschäftsanzug gekleideter Herr sein Büro, wies sich als Gerichtsvollzieher aus und verlangte die Herausgabe der Schlüssel der Charterboote.
„Aber das können Sie doch nicht ohne Vorwarnung machen!", schrie Paul ihn an. Der Beamte schob seine Brille zurecht. Er war es gewohnt, dass Schuldner so reagierten.
„Beruhigen Sie sich bitte", ermahnte er Paul. „Sie haben in der letzten Woche ein Einschreiben erhalten, auf das Sie leider nicht regiert haben. Hier ist die Empfangsquittung."
Er reichte Paul den Schein und der sah konsterniert Coras Unterschrift darauf.
„Ich muss mal schnell telefonieren", stotterte er. „Das ist die Unterschrift meiner Frau. Sie hat mir nichts gesagt."
Der Gerichtsvollzieher nickte langsam. Auch das erlebte er nicht zum ersten Mal. Wenn die Leute wüssten ... Er nahm sich zum wiederholten Male vor, über seinen Job ein Buch zu schreiben, wenn er endlich im Ruhestand wäre.

Coras Handy klingelte zehnmal, bevor sich die Mailbox einschaltete. Das Mobiltelefon lag ausgeschaltet in Coras Tasche, neben den hastig verstreuten Kleidungsstücken auf Dirks Teppich.

„Verdammt", knurrte Paul. „Hören Sie", bat er den Beamten. „Ich habe gestern eines der Boote verkauft und der Erlös deckt meine Verbindlichkeiten."

Der Gerichtsvollzieher nickte. „Können Sie das beweisen? Haben Sie einen Vertrag?"

„Nein, noch nicht", musste Paul einräumen.

„Tja dann", sagte der Beamte, der Paul aber abnahm, dass da mit dem Einschreiben etwas schiefgelaufen war.

„Wenn Ihr Käufer mir am Telefon bestätigt, dass er das Boot gekauft hat, kann ich Ihnen Aufschub gewähren", schlug er vor und Paul suchte mit fahrigen Händen die Nummer von Gerds Schule in seinem Notizbuch.

Es dauerte noch eine Viertelstunde, bevor Paul sich nach der Verabschiedung des Gerichtsvollziehers erschöpft in seinen Sessel fallen lassen und einen Cognac einschenken konnte. Langsam ließ das Zittern seiner Finger nach.

Es war schwierig gewesen, Gerd an den Apparat zu bekommen, und zum Glück hatte er nicht viele Fragen gestellt, sondern dem Beamten versichert, dass er die *Freya* zum genannten Preis erworben hatte. Siedend heiß fiel Paul etwas ein. Gerd wusste ja nun über seine Notlage Bescheid, und wenn er Cora davon erzählte ...

Das wollte Paul vermeiden. Deshalb schrieb er Gerd eine SMS, in der er um dringenden Rückruf bat.

„Was ist denn so dringend", fragte Gerd, der gerade eine kurze Pause hatte und sie für den Rückruf nutzte.

„Gerd, du hast ja vorhin mitgekriegt – ich meine, Cora braucht nichts davon zu wissen. Die Sache mit dem Gerichtsvollzieher, weißt du? Ist sowieso nicht leicht mit ihr zurzeit."

„Schon gut", beruhigte Gerd ihn. „Von mir erfährt sie kein Wort, aber ich rate dir, Cora reinen Wein einzuschenken."

Schon am nächsten Tag hatte Gerd den Kaufpreis für die *Freya* auf Pauls Konto bei der Bank überwiesen. Als Paul die Filiale betrat, wurde er von der Angestellten hinter dem Schalter so freundlich behandelt wie schon lange nicht mehr. Noch überschwänglicher wurde sie, als Paul die Lebensversicherung seiner Frau deutlich erhöhte, was der Dame im schwarzen Kostüm eine hübsche Provision einbrachte. Noch gestern hatte er Nina ihren Plan ausreden wollen, aber die Sache mit dem Einschreiben hatte ihn so wütend gemacht, dass ihm nun spontan die Lebensversicherung seiner Frau eingefallen war. „Ich schicke Ihnen die neue Police zu", sagte sie zum Abschluss. „Ja, bitte an die Geschäftsadresse", antwortete Paul und ging.

Nina hingegen wurde zunehmend nervöser. Immer stärker plagte ihr Gewissen sie. Sie liebte Paul, aber wie würde sich das alles, der Mord und die Zeit danach, auf ihre Beziehung auswirken? Konnte das gut gehen? Hätte sie mit jemandem darüber reden können, wäre es demjenigen nicht schwergefallen, sie von allem abzubringen, so aber ...

Die Tage gingen nun im Flug vorbei und der Stress bewirkte, dass sie rasant an Gewicht verlor und gelegentlich von heftigen Magenkrämpfen geplagt wurde. Nur wenn sie mit Paul allein war, mit ihm im Bett war, löste sich alle

Unsicherheit und sie sagte sich: „Ja, ich tue es für meine Liebe!"

Sie versuchte möglichst nicht an das zu denken, was kommen würde. Cora konnte sie mittlerweile nicht mehr in die Augen sehen, und Gerd … tat ihr leid.

Auch Cora fühlte sich nicht wohl. Nach ihrem ersten Besuch bei Dirk waren einige Wochen vergangen und seither hatte sich ein „Zweimal die Woche"-Rhythmus eingependelt. Dirks Einfallsreichtum war anscheinend unbegrenzt und sie erlebte Gefühle, die sie nie in sich vermutet hatte.

Als ihre Regel ausblieb, schob sie es auf die Wechseljahre, die, wenn auch etwas früh, so doch begonnen hätten. Dann kamen die Übelkeit und andere Unpässlichkeiten, die sie bei ihren schwangeren Freundinnen miterlebt hatte.

Das konnte nicht sein! Damals, als sich auch nach zwei Jahren und intensiven Bemühungen kein Nachwuchs bei ihr und Paul einstellte, hatte sie viele Untersuchungen über sich ergehen lassen und man hatte ihr gesagt, dass sie keine Kinder bekommen würde. Paul war sehr liebevoll zu ihr gewesen und hatte ihr versichert, dass das okay für ihn sei. So planten und lebten sie ihr Leben ohne Kinder.

Voll böser Vorahnung hatte sie in der Apotheke einen Schwangerschafts-Test gekauft und nun bestätigte das Ergebnis ihre Befürchtung.

Dieser verdammte Dirk! Nachdem er beim ersten Mal im entscheidenden Moment das Kondom abgenommen hatte, hatten sie sich fortan immer ohne Schutz geliebt, weil sie sich ja sicher war, das nichts passieren konnte.

Wie sollte sie das Paul beibringen? Zum Glück hatte sie ihren stark gestiegenen sexuellen Appetit in den letzten Wochen auch mit Paul ausgelebt.

Cora beschloss, dass sie Paul das Kind unterschieben wollte, denn Abtreibung kam für sie nicht infrage. Dirk würde nie etwas von dem Kind erfahren. Sie schwor sich, sofort mit den Besuchen bei ihm aufzuhören.

Eine Woche später entschied Cora sich, Paul ihren Zustand zu offenbaren, weil er sich einfach nicht länger verheimlichen ließ. Zu oft schon war ihr in seiner Gegenwart übel geworden.

Sie drehte nervös ihr Weinglas in den Händen. Paul saß in seinem Liegestuhl auf der Terrasse und las die Zeitung. Schließlich bemerkte er ihre Nervosität.

„Hast du was?", fragte er und ließ die LN sinken.

Cora setzte sich neben ihn.

„Paul, du hast doch sicher gemerkt, dass ich – dass mir öfter mal schlecht ist und so."

Paul setzte sich alarmiert auf. „Bist du krank? Warst du beim Arzt?"

Cora setzte ein schiefes Lächeln auf. „Krank? Nein, krank bin ich nicht, aber beim Arzt war ich. Wir kriegen ein Kind, Paul."

Paul traf das wie ein Schock. In seinem Kopf wirbelten die Gedanken. Nina! Was würde nun werden?

„Aber die Ärzte … sie haben uns doch … bist du sicher?

Cora lächelte und er flüsterte: „Ich muss erst mal an die Luft."

Sie sah ihm nach und biss sich auf die Lippen.

Nach zwei schlaflosen Nächten fühlte er ein nicht mehr erwartetes Glücksgefühl, wenn er an seine Vaterschaft dachte. Er, Paul Schrothoff, würde ein Kind haben!

Der Umschlag glich dem, in dem die Fotos und Beweise gesteckt hatten, die zur Überführung Mesicas geführt hatten. Diesmal war ein Kurier im Präsidium erschienen und hatte nach Ellen Hamann gefragt. Er hatte ihr einen Blumenstrauß übergeben und den Umschlag, und Herbie hatte sie anzüglich angegrinst. Wieder waren Fotos in dem Umschlag, die sie sich zuerst ansah.

Herbie war um den Schreibtisch gekommen und wies aufgeregt auf eines.

„Den Typen kenn ich! Illegales Glücksspiel und Drogen. War, bevor du hier angefangen hast. Ich dachte, der wär' jetzt in Spanien oder wo auch immer."

Ellen las den beiliegenden Brief.

„Liebe Frau Polizistin", stand da. „Weil Sie mir so sympathisch waren und um die Schmerzen vergessen zu machen, die Sie durch eine Waffe, die irgendjemand aus meinem Land in Ihr Land geschmuggelt hat, erleiden mussten … Die Herren treffen sich da an jedem Wochenende. Viel Erfolg."

Der ausgedruckte Brief war nicht unterschrieben, aber Ellen wusste auch so, wer ihn geschrieben hatte.

„Der Typ benutzt uns, um seine Konkurrenten loszuwerden", zischte Herbie. „Aber warte......dich kriegen wir auch mal."

Sie gingen mit dem Material zu Hauptkommissar Lorenzen, denn eigentlich war die Dienststelle Eutin für Scharbeutz zuständig. Lorenzen telefonierte mit seinem Kollegen.

„O. k. Tschüs, Heiner", sagte er dann und legte auf. „Die haben Personalmangel. Sie schicken einen Kollegen rüber, der formal die Ermittlung leitet, aber ihr macht das."

Diesmal war das Observieren deutlich einfacher, denn der Ort, an dem die illegalen Pokerspiele stattfanden, befand sich in den Hinterzimmern eines Lokals am Ostseeplatz. Kriminalkommissar Steuber aus Eutin, Ellen und Herbie teilten sich die Arbeit. Zwei aufeinanderfolgende Wochenenden lang beobachteten sie, notierten Kennzeichen verdächtiger Fahrzeuge und machten unauffällig Fotos der ein- und ausgehenden Gäste.

Ellen saß auf einer Bank am Ostseeplatz, direkt dem Lokal gegenüber. Sie hatte sich *Bei Mario* ein Eis gekauft. Ein Mann setzte sich neben sie; sie sah ihn an und bekleckerte sich ihre Hand.

„Bitte sehr", sagte er und reichte ihr ein Papiertaschentuch, das sie hilflos ansah. In der einen Hand das Eis, die andere verschmiert.

„Darf ich?", fragte er lachend und wischte den Klecks von ihren Fingern. „Micha Sauer", stellte er sich vor und sie sah ihn an.

Ein gut aussehender Mann, etwas älter als sie, mit etwas zu langem, schon grauem Haar und einem sympathischen Lächeln.

„Danke fürs Abwischen", sagte sie.

„After Eight?", bemerkte er. „Nehme ich auch immer. Aber Sie sollten auch mal Melone probieren oder Lakritzeis. Ist deren Spezialität."

„Sind Sie Eisexperte?", fragte Ellen spöttisch, nicht ohne den Eingang des Lokals im Auge zu behalten.

„Jahrelange Expertise", entgegnete er. „Nein, ich schreibe Kriminalromane", sagte er, um sie zu beeindrucken, denn die Frau gefiel ihm ausnehmend gut.

„Soso, dann stören Sie mal eine echte Ermittlung nicht", wollte Ellen eigentlich sagen, zog dann aber vor, inkognito zu bleiben. „Ellen Hamann", stellte sie sich immerhin vor.

„Ganz gute Tarnung, so eine Plauderei", dachte sie und die Zeit bis zu ihrer Ablösung durch Steuber verging wie im Fluge. Der Schriftsteller bemerkte nicht das Zeichen, das Steuber seiner Kollegin gab.

„Ich muss jetzt los", sagte Ellen und stand auf. „War nett mit Ihnen zu plaudern, Herr Sauer. „Vielleicht sieht man sich mal wieder."

Er war auch aufgestanden. „Würden Sie mir Ihre Telefonnummer geben? So wichtige Dinge sollte man nicht dem Zufall überlassen", sagte er und sie lachte.

„Warum nicht", antwortete sie und kramte eine Visitenkarte aus ihrer Umhängetasche.

Er sah ihr nach, wie sie in Richtung Parkplatz ging, und sein Herz klopfte. Dann sah er sich die Karte an.

„Oh verdammt", dachte er. „Eine Polizistin. Und der erzähl ich was über Krimis."


Ellen runzelte die Stirn und las sich noch einmal durch, was sie geschrieben hatte. Es war ihr gar nicht so leicht gefallen, ihre Wünsche und Ziele für sich und als Paar mit Udo zu Papier zu bringen. Beim Lesen ertappte sie sich dabei, dass sie – entgegen den ausdrücklichen Vorgaben der Therapeutin – ihre eigenen Wünsche den „gemeinsamen" untergeordnet hatte.

Sie ließ den Cursor zurücklaufen und änderte eine Passage, zauderte und änderte einen weiteren Satz. Es war schon spät und sie gähnte. Sie speicherte den Text und schickte ihn dann als E-Mail-Anhang an die Therapeutin. Sie ging ins Bett und dachte vor dem Einschlafen an den Mann, der ihr das Eis von der Hand gewischt hatte.

Die Paartherapeutin war gut im Geschäft. Es hatte lange gedauert, aber nun „brummte" der Laden. Grund waren ihre Seriosität, die sich herumgesprochen hatte, und ihre Ehrlichkeit den Paaren gegenüber. Wenn etwas aussichtslos war, sagte sie das, auch wenn sie diese Kunden dann verlor.
Sie las zuerst Ellens „Wunschliste", dann Udos. Beide hatten sich offensichtlich Mühe gegeben, ihre persönlichen Wünsche den gemeinsamen anzupassen, aber die Therapeutin konnte, besonders bei seiner Liste, zwischen den Zeilen lesen. Sie seufzte und wählte Udo Hamanns Nummer.

*

Paul verabredete sich mit Nina im Café Strandvilla, das gleich neben dem Hafen lag, und berichtete ihr von seinem Glück – das für sie bedeutete, dass sie ihn verlieren würde.
„Du fährst mit Gerd, und wenn ihr zurück seid ..."
Sie hatte ihm gar nicht richtig zugehört und ihm ihre Hände entzogen, starrte vor sich hin und sprang plötzlich auf, wobei ihr Stuhl polternd umfiel.
„Du verdammter Idiot!", schrie sie, sodass alle anderen Gäste ihnen die Köpfe zuwandten.
„Nina", stammelte Paul, aber sie drehte sich um und verließ das Lokal. Tränen verschleierten ihren Blick, sodass sie über die Stufe stolperte und schwer hinstürzte.

Ein älterer Herr half ihr auf, aber sie riss sich los und lief zum Strand.

Paul war sitzen geblieben und drehte ratlos an seiner Kaffeetasse. Einige Frauen sahen ihn triumphierend oder mitleidig an, je nachdem, mit wem sie bei dieser Auseinandersetzung sympathisierten.

„Noch ein Wunsch, der Herr?", fragte die Bedienung, und Paul schrak auf und zahlte schnell. Er konnte Nina ihren Ausbruch nachfühlen, aber im Moment nichts für sie tun. Sein Wunsch war es, so schnell wie möglich zu Cora zu gelangen, und er fuhr heim.


Nina dachte sich sofort ihren Teil, als Paul sie von Coras Schwangerschaft unterrichtete. Sie hatte über all die Jahre hautnah miterlebt, wie die Bemühungen ihrer Schwester fruchtlos geblieben waren. Also hatte es doch an Paul gelegen. Sie begann, Cora zu beobachten, und hatte überraschend schnell Erfolg. Cora war ihrem Vorsatz, Dirk nicht mehr zu sehen, nur ein paar Tage treu geblieben.

Es war nicht schwer für Nina gewesen, ihr zu folgen. Um nicht aufzufallen, hatte sie sich den Wagen einer Freundin geliehen und nun parkte sie fünfzig Meter hinter Coras MX-5 in Travemünde. Als jemand aus dem Apartmenthaus trat, hätte sie sogar hineingehen können, aber sie wusste Dirks Nachnamen nicht und auf dem Klingelbrett standen über zwanzig Namen.

So setzte sie sich in ihr Auto und beobachtete die Tür. Fast zwei Stunden musste sie warten, aber als dann Cora aus dem Haus trat, konnte Nina sogar einige ziemlich gute Fotos von ihrer Schwester und dem durchtrainierten gut aussehenden

Mann machen, der sich mit einem langen und sehr intimen Kuss von ihr verabschiedete. Cora fuhr davon und der Mann blieb noch eine Weile auf dem Bürgersteig stehen und sah ihr nach.

„Sieht schon gut aus", dachte Nina und startete den Motor.

Paul lief wie auf Wolken. Alles würde gut werden. Irgendwie fügte sich plötzlich alles. Vier Boote waren verchartert und neue Verträge lagen unterschriftsreif auf dem Schreibtisch. Zärtlich strich er über Coras Foto, das dort stand. Wie hatte er sie nur betrügen können? Auf dem Tisch lag auch die erhöhte Versicherungspolice für ihre Lebensversicherung und er bereute es, sie abgeschlossen zu haben. Na ja, sie würde ja auch nicht schaden.

Nina kam herein und sein Herz stockte. Sie sah hinreißend aus mit ihrem wallenden roten Haar und ihrem frischen braunen Teint.

„Hallo Nina", sagte er unsicher.

Sie hatten sich seit ihrem Abschied im Café Strandvilla nicht gesehen. Paul bemerkte, dass Ninas Hände zitterten, während sie sich auf den Stuhl vor seinem Schreibtisch niederließ.

„Kaffee?", fragte er, aber sie schüttelte den Kopf.

„Paul – ich kann nicht ertragen, was da passiert, und ich muss dir jetzt sehr weh tun", sagte sie leise. Paul, der kein Wort von dem verstand, was sie sagte, sah sie wortlos an.

Nina schwieg eine Weile, dann griff sie in die Innentasche ihrer Jacke und holte einige Fotos hervor, die sie auf den Schreibtisch warf.

„Ich weiß schon eine ganze Weile von dieser Sache", flüsterte sie, „aber ich war eigentlich froh, dass Cora ... wo wir beide doch auch ..., ach ich weiß nicht."
Sie brach ab und starrte aus dem Fenster. Paul hatte die Fotos aufgenommen und besah sie verständnislos, dann mit wachsender Erregung und Wut.
„Dieses Schwein", stammelte er und wusste selbst nicht, wen er meinte. Cora oder den Mann auf dem Bild, der sie im Arm hielt.

Cora wartete an diesem Tag vergeblich auf Paul. Es war ihm unmöglich, ihr gegenüberzutreten. Er fuhr nach Lübeck und mietete sich in einem kleinen Hotel an der Untertrave ein, wo ihn niemand kannte. Nina begleitete ihn. Sie rief Gerd an und erfand eine Verabredung mit einer alten Freundin, bei der sie übernachten würde.
„Aber das Kind könnte doch trotzdem von mir sein", sagte Paul.
Sie lagen auf dem Hotelbett, der Fernseher lief, aber sie sahen beide nicht hin. Auf dem Nachttisch standen die beiden leeren Weinflaschen, deren Inhalt Nina und Paul inzwischen schläfrig gemacht hatte.
„Denk mal, was du alles für Untersuchungen über dich ergehen lassen musstest, damals."
Paul blieb den Rest des Abends über schweigsam und Nina verstand es geschickt, ihn langsam, aber sicher wieder aufzubauen.
„Ich hätte es dir viel früher sagen sollen", meinte sie beim Frühstück, das sie im Hotelrestaurant einnahmen „aber das mit der Schwangerschaft ..., das konnte doch keiner ahnen."

Paul hieb plötzlich mit der Faust auf den Tisch, dass die Teller und Gläser klirrten.

„Wir ziehen die Sache durch – wenn du noch willst", sagte er leise und Nina nahm seine Hand und drückte sie.

„Wir stehen das zusammen durch", schwor sie und sah Paul in die Augen.

Es gelang Paul und Nina erstaunlich gut, ihre wahren Gefühle ihren jeweiligen Partnern gegenüber geheim zu halten. Nina schien Gerd die perfekte Partnerin für seine große Reise zu sein. Nicht der Schimmer eines Verdachtes regte sich bei ihm. Sie arbeitete mit ihm an der *Freya*, kaufte ein, machte Pläne und verstaute alles, was mit sollte, in den letzten Winkeln des Bootes. Gerd war in Hochstimmung. Sein Beurlaubungs-Vertrag war unterzeichnet und bescherte ihm Freiheit für ein Jahr mit der beruhigenden Gewissheit, dass sein Job bei seiner Rückkehr auf ihn warten würde.

Ab und zu segelten sie durch die Bucht und probierten neue Ausrüstungsgegenstände aus. An einem schönen, warmen, monddurchfluteten Juniabend schaltete Gerd zum ersten Male die neue Selbststeueranlage ein und sie liebten sich auf dem Cockpitboden, während das Boot unbeirrt seinen Kurs hielt. Nur noch ein paar Wochen, dann würde es losgehen.

In den Tagen, nachdem er mit Nina in Lübeck gewesen war, schob Paul viel Arbeit vor, um nicht in Coras Nähe zu sein, aber wenn es sich nicht vermeiden ließ, spielte er den liebevollen und sorgenden Ehemann.

Eines Morgens, es war wohl gegen zehn Uhr, klingelte sein Handy und er sah eine unbekannte Nummer im Display.

„Ja? Schrothoff am Apparat", meldete er sich.

Eine ihm fremde Männerstimme sagte: „Ihre Frau ist in die Lübecker Uniklinik gebracht worden."

„Was? Wer sind Sie!", rief Paul erschrocken, aber der Anrufer hatte schon aufgelegt.

Mit fahrigen Fingern drückte Paul die Rückruf-Funktion seines Handys, aber niemand nahm ab.

Dirk sah wütend auf den großen Blutfleck auf seinem Bettlaken und ließ es klingeln.

Paul ließ sich von der Auskunft die Nummer der Uniklinik geben. Er war unruhig. Hatte Cora einen Unfall gehabt? Er machte sich trotz allem Sorgen um sie, wie er verwirrt feststellte. Die Notaufnahme der Uniklinik verwies Paul an die Gynäkologie, wo die diensthabende Schwester ihm am Telefon keine Auskunft geben wollte.

„Ihre Frau hatte eine Fehlgeburt", ließ sie sich dann aber doch entlocken und Paul legte den Hörer auf.

In ihm kämpften die Gefühle. „Geschieht ihr recht", dachte er, um im nächsten Moment Scham zu empfinden über diesen Gedanken. „Ich muss zu ihr", sagte ein Teil von ihm, aber dann trank er erst einmal einen Cognac und dachte nach.

Am Abend besuchte er sie. Cora lag mit einer anderen Frau in einem für ein Krankenhauszimmer recht behaglichen Zweibettzimmer. Als Paul die Tür öffnete, schrak sie sichtlich zusammen und begann zu schluchzen.

Die Anwesenheit der anderen Patientin verhinderte, dass Paul, dessen Gefühle wieder einmal Achterbahn fuhren, seiner Frau Vorwürfe machte. Vielleicht hätte er sie sogar damit konfrontiert, dass er über Dirk Bescheid wusste. So setzte er sich nur auf ihre Bettkante und hielt ihre Hand.

Cora war noch ziemlich mitgenommen und hatte ein starkes Beruhigungsmittel bekommen. Paul ging, als sie einschlief.

Später telefonierte er mit Nina, die lange schwieg, nachdem Paul ihr von der Fehlgeburt erzählt hatte. Paul hielt das für Betroffenheit, in Wahrheit war Nina erleichtert. Cora zu töten war eine Sache, aber das Baby ...; das hatte ihr, seit sie wusste, dass Cora schwanger war, große Gewissensbisse bereitet.

„Du sollst sie besuchen, bittet sie dich", sagte Paul abschließend, und Nina versprach es.

Schon am nächsten Tag betrat sie das Krankenzimmer. Cora hatte sich schon erstaunlich gut erholt und las eine Illustrierte. Nina begrüßte sie mit einem Kuss auf die Wange und setzte sich auf einen Stuhl neben dem Bett. Cora war sichtlich unruhig, und als endlich ihre Mitpatientin für einen Moment den Raum verließ, kam sie mit ihrem Anliegen heraus.

„Mein Wagen steht noch in Travemünde bei Dirk", sagte sie. „Kannst du ihn bitte abholen? Paul ahnt doch nichts und in letzter Zeit hat sich unsere Beziehung wieder gebessert. Bitte!"

Nina sah ihre Schwester missbilligend an, versprach aber, den MX-5 abzuholen. Cora gab ihr den Schlüssel aus ihrer Handtasche und nannte ihr die Adresse, und beinahe hätte Nina sich verplappert. „Kenn ich doch", wollte sie sagen, konnte es sich aber gerade noch verkneifen.

Nina fuhr mit dem Bus nach Travemünde und brachte den Sportwagen nach Scharbeutz, wo sie ihn vor dem Haus parkte. Sie klingelte, aber Paul war nicht da. Sie musterte

Haus und Garten, die ihr gut gefielen, aber sie würde nie mit Paul hier leben können. Schade.

Juni

Der Zugriff würde heute Nacht erfolgen. Es hatte sich während der Beobachtungen gezeigt, dass die „heißen" Typen aus der Drogen- und Mafia-Szene immer erst gegen Mitternacht erschienen. Auch davor wurde in den Hinterzimmern schon gespielt, aber das waren die Möchtegern-Zocker aus der Randgruppe.

Das offizielle Café im vorderen Bereich schloss zu dieser Jahreszeit gegen halb elf, sodass sie wahrscheinlich gewaltsam eindringen mussten. Herbie rief deshalb das SEK an, damit sie entsprechendes Werkzeug mitbrachten. Herbie pfiff leise vor sich. Seine Laune hatte sich in letzter Zeit wieder gebessert und Ellen war erleichtert.

Gestern erst hatte er ihr im *Holstenstübchen* gebeichtet, dass er sich mal wieder schwer verliebt hätte, und Ellen hatte sich eine geschlagene Viertelstunde lang die Vorzüge der Frau anhören müssen, in die Herbie sich verbissen hatte. Sie hörte nur zu, sagte ab und zu „toll" und „Die muss ja was auf dem Kasten haben" und ertappte sich dabei, dass sie an diesen Micha dachte.

„Heute aber mit Schutzweste", sagte Herbie und sie lächelte und wies auf ihren Oberschenkel.

„Hätte mir da auch nichts genutzt", aber er machte ein ernstes Gesicht.

„Weißt schon, was ich meine", sagte er.

Es war früher Nachmittag und sie wollten früh Schluss machen, weil sie ja um zehn in Scharbeutz vor Ort sein sollten.

„Legst du dich noch ein bisschen aufs Ohr?", fragte Herbie.

„Wird eine lange Nacht."

Ellen schüttelte den Kopf. „Treff mich gleich mit Udo im Park. Die zwei Wochen ‚Abstinenz' sind um, die uns die Therapeutin verordnet hat."

Herbie nickte. „Viel Glück dabei. Ihr seid ein schönes Paar."

Sie lächelte, nahm die Kevlar-Schutzweste und ihre Dienstwaffe mit und verschloss sie sicher im Kofferraum ihres Polo.

Udo wartete schon auf sie. Er saß auf der Bank, auf der sie schon oft zusammen gesessen hatten. Nur zwei Meter vor der Uferkante der Trave, auf der zu dieser Samstagnachmittagsstunde zahlreiche Sportboote aller Art herumfuhren. Die Tauben hatten kurz Hoffnung geschöpft, als er sich niederließ, waren dann aber verschwunden, als sie kein Futter bekamen.

Udo fröstelte, obwohl es warm war. Das Gespräch, das er gestern Abend mit der Therapeutin geführt hatte, hatte es in sich gehabt. Sie hatte ihn allein zu sich bestellt und ihm klar gemacht, dass er sich und Ellen etwas vormachte, und nun – nun musste er das Ellen beibringen.

Sie kam den Weg entlang und er stand auf. Sie nahm ihn in den Arm und wollte ihn küssen, aber er drehte das Gesicht weg.

Ellen starrte ihn an.

„Was ist los?", fragte sie und er nahm ihre Hand und sie setzten sich.

Ellen blieb sitzen, nachdem Udo gegangen war. Gegangen ... Für immer aus ihrem Leben gegangen. Und sie hatte gedacht, sie wären auf dem Weg zurück – aufeinander zu!

„Verdammtes Biest!", dachte sie und meinte die Therapeutin, die ihn sicherlich dazu gebracht hatte, sie zu verlassen, aber dann rief sie sich selbst zur Ordnung. Nein, die hatte ja nur ihre Arbeit gemacht. Trotzdem. Hätte es nicht vielleicht doch eine Chance gegeben?

Tränen bedeckten ihre Wangen, und Leute, die vorbeigingen, sahen sie betroffen an, oder weg. Ihr wurde schlecht und sie musste sich hinter einem Busch übergeben.

So viele Jahre.

Leere machte sich in ihr breit und dann wurde es Zeit, nach Scharbeutz zu fahren.

Ihre Abreise hatten Nina und Gerd auf den 22. Juli festgelegt. Bewusst ein Wochentag, denn sie wollten nicht in den dichten

Pulk der Wochenend-Segler geraten, die in den Ferien die Ostsee bevölkern. Alles war bereit und die *Freya* lag tief im Wasser mit all der Last, die in ihr verstaut war. Paul hatte Jens aus der Segelwerkstatt engagiert, der ihn einige Tage vertreten würde, denn Paul und Cora wollten die *Freya* auf der ersten Etappe bis zum Kleinen Belt mit der *Baldur* begleiten.
Die Ferien begannen und Gerd wurde von seinen Kollegen mit einem kleinen Umtrunk in sein Sabbat-Jahr verabschiedet. Er versprach regelmäßige Postkarten aus den Häfen ihrer Reise. Die Segelschule hatte einen Studenten angestellt, der Ninas Stelle einnahm, aber die Kinder waren traurig, ihre tolle Lehrerin zu verlieren. Nina gab eine Runde Eis aus und veranstaltete eine Abschieds-Regatta.

Nina hatte ihre und Gerds Wohnung eingemottet, einen Postnachsende-Auftrag organisiert und den Nachbarn Schlüssel ausgehändigt, ihr Auto und Telefon abgemeldet und Sicherheitsschlösser an den Fenstern anbringen lassen. Gerd hatte sich um Reiseschecks, Papiere und Visa gekümmert, und beide hatten sich gegen alle möglichen Tropenkrankheiten impfen lassen.
Dann endlich war es so weit. Selbst der Wettergott meinte es gut, denn an diesem Morgen wehte ein mäßiger Wind aus West, der eine störungsfreie erste Etappe versprach. Am Vorabend waren die vier noch ein letztes Mal im *Seelord* und im *Oswalds* gewesen, und in beiden Lokalen waren sie der Mittelpunkt und brauchten nicht zu zahlen. Es hatte sogar einen kleinen Artikel in den Lübecker Nachrichten gegeben, der sich mit den Problemen und Freuden einer Langzeit-

Segelfahrt befasste, und der ein Foto von Nina und Gerd auf der Freya zeigte,

Als Nina die Vorleine löste, war es schon fast elf Uhr. Die Sonne hatte die Luft schon auf über zwanzig Grad erwärmt, sodass die vielen Touristen im kleinen Niendorfer Hafen Gerd heftig beneideten: Nina trug nur knappe Shorts und ein ärmelloses T-Shirt ... Viele Freunde liefen bis zum Ende des Piers neben dem auslaufenden Boot her, riefen gute Wünsche und winkten.

Die *Baldur* folgte in gebührendem Abstand, um die Fotografen nicht zu stören, die noch ein letztes Foto des Weltreise-Bootes machen wollten. In der engen Hafeneinfahrt kam ihnen die *Hanseat 2* entgegen und ihr Schiffsführer ließ sein Signalhorn zum Abschied dröhnen.

Gerd hatte ein paar Tränen in den Augen, als er das glitzernde Meer vor sich sah.

„Maschine aus!", kommandierte er laut für sich selbst, während Nina das Großfall belegte und die Genua ausrollen ließ.

Sanft schob sich das Boot durch die Wellen, die sich glucksend am Bug brachen. Die *Baldur* lief weit schneller als ihr schwer beladenes Schwesterschiff und Paul rollte das Vorsegel bis auf einen kleinen Rest weg, um neben der *Freya* zu bleiben. Sie segelten den Kurs, den sie auch auf ihrer Fahrt nach Maasholm genommen hatten, durchfuhren den Fehmarnsund und drehten dann südwestlich der Insel nach Norden.

Gerd hatte sich auf Ninas Bitte hin für die Durchfahrt durch den Kleinen Belt und um Skagen herum entschieden, anstatt den schnelleren Weg durch den Nord-Ostsee-Kanal und die

Elbe zu nehmen. Der Nachmittag ging in den immer noch sehr hellen Abend über, als sie zunächst die Südspitze Langelands bei Bagenkop passierten, um dann an Marstal auf der Insel Aerö vorbei in die gut betonnte, aber schwierige Fahrrinne nach Norden einzubiegen. Um diese Zeit waren ihre hier die einzigen Boote, denn die Feriensegler waren längst an den Futtertrögen der beschaulichen dänischen Yachthäfen, die hier zahlreich vorhanden waren.

Pauls Herz klopfte, als voraus die winzige Insel Birkholm in Sicht kam. Er nahm sein starkes Fernglas und suchte, was er nicht zu finden hoffte. Tatsächlich, das Glück war auf seiner Seite. Birkholm ist eine sehr kleine Insel, rund sechs Seemeilen von der mittelgroßen Stadt Svendborg auf Fünen entfernt. Es gab dort ein verlassenes Gehöft und einen wackeligen alten Steg, an dem gelegentlich Segler, die die Einsamkeit liebten, anlegten.

Sorgfältig auf das Echolot achtend, das mit schrillen Pieptönen auf die abnehmende Wassertiefe unter dem Kiel hinwies, steuerte Paul die *Baldur* aus der Fahrrinne auf den Steg zu. Die *Freya* folgte in kurzem Abstand und Paul machte sich einen Moment lang Sorgen, ob die schwer beladene Yacht nicht auflaufen würde. Zehn Minuten später lagen beide Boote nebeneinander an den morschen Pfählen des kleinen Steges vertäut.

„Vielleicht hätten wir lieber nach Aerösköbing gehen sollen", brummte Gerd und wies auf die Lichter der romantischen kleinen Stadt auf Aerö, die in der Ferne in der zunehmenden Dämmerung zu leuchten begannen.

Nina nahm ihn in den Arm. „Wir wollen in Ruhe Abschied voneinander nehmen. Ist doch total romantisch hier."

Paul sah sie von der Seite an. Wie konnte sie nur so ruhig und beherrscht sein? Er hatte Magenschmerzen und sein Herz schlug um Zerspringen, aber er zwang sich zur Ruhe. Während die Männer die Boote aufklarten und sicherten, erkundeten die Frauen die winzige Insel, was nur eine Viertelstunde in Anspruch nahm.

Das alte Haus war verschlossen, aber es gab ein kleines Toilettenhäuschen und einen rostigen Wasserhahn, neben dem einige Münzen in einer kleinen Plastikschüssel signalisierten, dass für den Erhalt dieser Einrichtungen eine kleine Spende erwartet wurde. Sie waren vollkommen allein auf dem Inselchen, abgesehen von einigen Vögeln, die in den Kronen der wenigen Bäume ihre Wohnung hatten.

„Hier ist ja der Hund begraben ...", sagte Cora, die eigentlich auch lieber in einem belebten Hafen gewesen wäre.

„Ach komm", sagte Nina. „Wir machen jetzt ein Lagerfeuer und eine zünftige Strandparty. Weißt du noch damals ... am Strand von Pelzerhaken, als du mit dem blöden Jens in die Büsche verschwunden bist?"

Cora lachte und erinnerte sich auch an die plumpen Versuche des Jungen, ihr den BH aufzumachen. Sie gingen zum Steg zurück, wo die Männer bereits mit den Vorbereitungen für ihre Party begonnen hatten. Gerd hatte Holz gesammelt und mit den Erfahrungen aus seiner lang zurückliegenden Pfadfinderzeit fachkundig entzündet. Zwei Decken waren ausgebreitet und ein Korb mit Flaschen und Delikatessen stand bereit.

Sie tranken Wein und aßen mit Appetit, zumindest Gerd und Cora, denen nicht auffiel, dass Nina und Paul sich zurückhielten. Nina ließ wieder und wieder ihren Wein im Sand versickern. Die Sterne leuchteten hier besonders hell, wie ihnen schien, was aber damit zusammenhing, dass es kaum Streulicht von den Ortschaften auf den Inseln gab, wo man schon zu Bett gegangen war.

„Ich muss mal kurz an Bord", entschuldigte sich Nina und kletterte auf die *Freya*.

Sie stellte ein Tablett auf den Salontisch und stellte Gläser darauf. Dann mixte sie aus den Flaschen der Bordbar einen bunten Cocktail und steckte Strohhalme hinein. Zuletzt nahm sie aus ihrer Reisetasche ein kleines Fläschchen mit K.-o.-Tropfen, die sie vor einiger Zeit bei einem zwielichtigen Internethändler unter falschem Namen erworben hatte. Zu Hause hatte sie das Mittel ausprobiert, indem sie etwas davon dem Hund einer Freundin heimlich in den Essnapf gab, woraufhin der Pudel, für die Besitzerin völlig unerklärlich, fast fünfzehn Stunden tief geschlafen hatte.

Langsam und mit zittriger Hand zählte sie je zwanzig Tropfen in zwei der Gläser, das Doppelte der empfohlenen Dosis. Nina verstaute die Flasche wieder in ihrer Tasche und balancierte das Tablett über die Reling und über den Steg zum Lagerplatz, wo die drei anderen angeheitert lachten.

„Was bbrrrrinsten du da?", lallte Gerd, der schon mehr als genug hatte.

„Sondermischung", antwortete Nina mit belegter Stimme und verteilte die Gläser, wobei sie fast panisch wurde, weil es im diffusen Licht des heruntergebrannten Feuers fast unmöglich war, die Gläser mit den gelben Strohhalmen für Paul und sich von den anderen beiden zu unterscheiden.

„Nina ...", stammelte Paul, dem noch einmal Gewissensbisse kamen, aber Nina drückte ihm schnell ein Glas in die Hand.

„Prost! Auf eine gute Reise! Auf ex!", rief sie, und alle vier tranken.

Die Wirkung der K.-o.-Tropfen trat schon nach einer Viertelstunde ein. Fast im selben Moment kippten Cora und Gerd in den Sand. Cora sogar mitten im Satz. Zitternd sah Nina die beiden Liegenden an. Obwohl sie selbst kaum etwas getrunken hatte, drehte sich plötzlich alles um sie und sie musste sich heftig übergeben. Paul nahm stumm ihre Hand und reichte ihr eine geöffnete Weinflasche, aus der sie einen langen Schluck nahm.

Nina atmete tief durch, dann rappelte sie sich auf. „Wir müssen es zu Ende bringen. Wir haben nicht viel Zeit."

Paul saß schweigsam da und rührte sich nicht. In ihm sträubte sich alles, das zu tun, was nun folgen sollte.

„Paul!", schrie Nina. „Los, komm jetzt!"

Gehorsam stand er auf und folgte Nina über den Steg auf die Boote. Sie hatten alles sorgfältig geplant und ließen nun diesen Plan wie nach Drehbuch ablaufen, um nicht denken zu müssen. Paul holte ein Stück Gasleitungsschlauch aus dem Werkzeugkasten der *Baldur*, das er in tagelanger Arbeit mürbe gemacht hatte: er hatte es immer wieder geknickt und verdreht, bis Risse und Undichtigkeiten entstanden waren. Zigmal rutschte ihm nun der Schraubenschlüssel ab, als er dieses Stück Schlauch am Herd gegen das intakte austauschte.

Dann kam das schwerste und belastendste Stück Arbeit auf Nina und Paul zu: Sie mussten die Bewusstlosen an Bord der *Baldur* bringen. Das dauerte einige Zeit. Paul zog Gerd aus und tauschte seine Kleidung gegen die von Gerd, dem er seine Jeans und den alten Pulli anzog. Es ging nicht ohne Ninas Hilfe, und ihn überfiel ein heftiges Schluchzen.

Dann endlich war alles geschafft. Nina versicherte sich nochmals, dass Pauls Ausweis und sein Handy in den Taschen der Hose verstaut waren, die der schlafende Gerd nun trug.

Nina drehte sich um und nahm Paul fest in den Arm.

„Es gibt kein Zurück", sagte sie mit fester Stimme. Sie wunderte sich selbst, wie ruhig sie nun war.

„Wie lange, schätzt du?", fragte sie Paul noch einmal, obwohl sie auch das wieder und wieder besprochen hatten.

„Halbe Stunde ...", antwortet Paul fast flüsternd.

Er vermied es, Cora und Gerd anzusehen. Die zwei lagen nun in der Vorschiffkoje, und Nina hatte Gerds Arm um Cora gelegt.

„Dann los", kommandierte Nina und entzündete zur Sicherheit zwei Kerzen in Windlichtgläsern, die sie auf den niedrigen Cockpittisch stellte und die der Kajüte ein gemütliches Licht gaben.

„Dreh auf ...", sagte sie und Paul kletterte den steilen Niedergang hinauf und öffnete die Backskiste, in der die Zehn-Kilo-Gasflasche stand.

Er packte das Absperrventil und drehte es fünfmal links herum. In der Kajüte bückte sich Nina über den Herd und hörte das ausströmende Gas deutlich aus dem beschädigten Zuleitungsstück zischen. Auch sie warf nun keinen Blick mehr in die Vorschiffkoje, sah sich noch einmal prüfend um und stieg dann an Deck.

Paul hatte indessen sorgsam einen Rundblick mit seinem Nachtglas genommen, aber alles war ruhig. Nina schloss sorgfältig das Schott der Kajüte, dann verließen sie die *Baldur*, auf der das Gas – schwerer als Luft – aus dem Leck im Schlauch absank und den Boden der Yacht zu füllen begann. Langsam würde es ansteigen und dann die Kerzen erreichen ... Paul machte nun in Windeseile die *Freya* seeklar, während Nina an Land alle Spuren beseitigte, die auf mehr als zwei Personen hinwiesen.

„Komm endlich", mahnte Paul mit rauer Stimme, die ihm kaum gehorchte.

Nina löste die Leinen der *Freya* und Paul gab vorsichtig Rückwärtsschub. Langsam und fast lautlos glitt die weiße Yacht in die Fahrrinne.

„Jetzt bloß nicht auflaufen ...", kam es Paul in den Sinn, aber dann hatten sie die erste Tonne erreicht und fuhren ohne Lichter in Richtung Norden. Beide sahen angestrengt nach vorn. Ninas Blick irrte immer wieder zur Digitaluhr ihres Handys, wo die Minuten langsam verstrichen.


Einerseits war es gut, dass den ganzen Tag über so herrliches Wetter geherrscht hatte. Die Strandallee und der Ostseeplatz waren noch voller Menschen, die die Vorbereitungen der Polizei kaschierten, anderseits mussten sie nun besonders vorsichtig zu Werke gehen, damit kein Unbeteiligter zu Schaden kam. Ellen saß auf der Bank, dem Café vis-à-vis, aber als sie aus der Ferne Micha herankommen sah, stand sie auf und ging in den Kurpark. Zum Glück hatte er sie noch nicht bemerkt. Er hatte ihr gesagt, dass er in dem Apartmenthaus gleich nebenan wohnte, und sie sah ihm nach, als er im Eingang verschwand. „Micha ...", dachte sie. „Udo ...", und ihr Kopf schmerzte.

„Alles klar?", fragte Herbie. Sie hatte nicht bemerkt, dass er herangekommen war.

„Wie war's mit Udo?", fragte er; sie sagte „Frag nicht ..." und er verstand.

Die Wirtin und die Serviererin des Cafés sammelten die Kissen der Korbstühle auf der Terrasse ein. Das „offizielle" Tagesgeschäft war zu Ende. Der Strom der Menschen, die den Ostseeplatz überquerten, um zu den großen Parkplätzen zu gelangen, war versiegt. Vor der Eisdiele stand noch eine allerdings kürzer werdende Schlange, und die Lichter in den Fenstern der Häuser und der Geschäfte gingen an.

Die Mannschaft des SEK hatte sich im nahen Kurpark-Haus versammelt. Die paar Leute, die noch die öffentliche Toilette dort besuchten, sahen etwas beunruhigt die schwarz gekleideten Männer – und die Schutzhelme, die in der Ecke lagen.

Kriminalkommissar Steuber hatte so einen Einsatz noch nie mitgemacht und war froh, dass er nur „formal" das Kommando hatte. Ellen Hamann, als Ranghöhere, hätte den Einsatz leiten müssen, aber Herbie übernahm das auf ihre wortlose Bitte hin. Steuber unternahm einen Erkundungsgang, von dem er bald zurückkehrte.

„Viel los in den Hinterzimmern", berichtete er. „Vorn alles dunkel, aber ich hab einen Typen da sitzen sehen, der die Leute reinlässt."

Ellen nickte. Sie hatten das schon vorher herausgefunden. Die „Kunden" klopften an die Tür und der Türsteher ließ sie ein, wenn sie das richtige Losungswort sagten. Es gab eine Hintertür, die aber immer verschlossen war. Herbie hatte sich von dem Verwaltungsbüro des Hauses einen Grundriss der Innenräume besorgt und so wussten sie auch von der Tür, die nach innen ins Gebäude führte.

Herbie sah auf die Uhr. „Los geht's", sagte er, und die SEK-Männer klatschten sich ab wie eine Handballmannschaft, die in ein Match geht.

Leise gingen sie um das Gebäude, und der Hausmeister, den die Verwaltung auf Herbies Geheiß zu Überstunden verdonnert hatte, ließ einen Teil der Männer ins Treppenhaus, wo sie sich an der Innentür zum Café versammelten und die Brecheisen bereitlegten. Der Hausmeister grinste und schüttelte den Kopf. Dann zog er einen Schlüssel aus der Tasche und gab ihn dem Einsatzleiter, der ihn vorwurfsvoll ansah.

„Hauen Sie ab, Mann", sagte er. „Hier wird's vielleicht gleich ungemütlich."

Auch am Hintereingang standen nun ein paar SEK-Männer. Ellen Hamann, die jetzt ihre Schutzweste angelegt hatte, überprüfte ihre Pistole und behielt sie in der Hand. Der Rest der Beamten schlich an der Hauswand entlang zur Terrasse. Herbie Pring war bei ihnen. Er spähte um die Hauswand und sah eine dunkle Gestalt, die sich dem Haupteingang des Cafés näherte. Schnell gab er ein Zeichen nach hinten, und der letzte Mann der Reihe zischte ein „Achtung, es geht los!" in sein Headset.

Ellen schüttelte leicht den Kopf. Sie versuchte alle Gedanken, die ihn füllten, auszuschalten und sich nur auf die kommenden Minuten zu konzentrieren, aber es gelang nur teilweise. Sie stand etwas hinter den SEK-Männern am Hinterausgang. Micha Sauer kam leicht schwankend den Weg entlang. Er war auf dem Heimweg aus der *Fischerkate*, wo Marita ihm ein paar Bier eingeschenkt hatte. Er blieb stehen und stierte Ellen an. „Duuuuuuuu hier?", stammelte er, aber Ellen sprang zu ihm und zerrte ihn in den Schatten der Hausmauer.

„Pscht!", zischte sie. „Hier ist ein Einsatz. Geh zurück zum Kurhaus. Sofort!", befahl sie und er gehorchte.

Aber das hatte sie einen entscheidenden Moment abgelenkt. Der Einsatz hatte begonnen. Der Gast, der an der Vordertür geklopft hatte, wurde umgerissen, als Herbie und der erste SEK-Mann um die Ecke stürmten. Der Türsteher, der die Tür einen Spalt weit geöffnet hatte, bekam einen Stoß, der ihn umwarf und nach innen über die Stühle und Tische stürzen ließ, die polternd umfielen.

Der Einsatzleiter an der Innentür schloss auf und warf sich gegen die Tür, die aber nicht aufging. Später fanden sie heraus, dass es zusätzliche Riegel gab und zudem ein Regal voller Weinflaschen diesen Zugang blockierte. Er fluchte und führte seine Männer durch den Flur auf den Platz hinaus, um die Kollegen an der Vordertür zu verstärken.

Herbie und die vier anderen Kollegen waren nun in der Gaststube, aber durch den engen Flur zu den hinteren Räumen kam ein stetiger Kugelhagel. Fenster zerplatzten und Querschläger jaulten durch den Raum und einer der Beamten schrie auf und sackte zusammen. All das geschah in Sekunden, dann krachten die schweren Brecheisen an die Hintertür, wo der Trupp um Ellen Hamann sich Zutritt verschaffen wollte. Nach drei kräftigen Schlägen ging sie krachend auf. Ein SEK-Mann schleuderte die erste Flashbang-

Granate in den Raum, die sofort hoch ging und die darin Befindlichen paralysierte. Der enorme Krach und der gewaltige Lichtblitz beendeten allen Widerstand in diesem Teil der Kneipe.

Im Nebenraum, dem mit der verschlossenen Innentür, versteckte sich Karl Möcken hinter einem Regal. Er wusste genau, dass er nichts zu verlieren hatte. Dreimal vorbestraft wegen schwerem bewaffnetem Raub drohte ihm nun Lebenslänglich, wenn er hier erwischt wurde. Die Finger seiner rechten Hand, in der er seine Pistole hielt, waren schweißnass und er wischte sich mit dem Ärmel übers Gesicht. Durch die halboffene Flurtür sah er die Stiefel der vorbeihastenden SEK-Beamten. Dann ein Paar Halbschuhe.

„Sicher!" „Sicher!" „Sicher!", riefen verschiedene Stimmen und Möcken ergriff seine Chance. Er sprang auf und schlang dem Polizisten seinen linken Arm um den Hals.

„Keine Bewegung oder es knallt", zischte er Herbie ins Ohr und drückte ihm übertrieben hart die Mündung seiner Pistole in die Wange.

Herbie erstarrte und der SEK-Mann hinter ihm wich zurück. „Geiselnahme!", brüllte er und die Kollegen in den anderen Räumen, die dabei waren den Spielern Handschellen anzulegen, hielten inne.

Ellen drängte sich durch und sah Herbie in der Gewalt eines Mannes, der zu allem entschlossen schien.

„Durchlassen. Weg da", befahl Möcken heiser und schob Herbie vorwärts.

Ellen hielt ihre Pistole in beiden Händen, wie sie es gelernt hatte. Einige Schweißtropfen liefen ihr aus dem Haaransatz über die Stirn und durch die gezupften Augenbrauen auf ihre

Augen zu, die sowieso durch die Tränen der letzten Stunden entzündet waren. Sie hatte mit Herbie vor langer Zeit ein geheimes Zeichen für so einen Fall ausgemacht. Zweimal Zungerausstrecken von ihr und er würde den Kopf wegdrehen und das Schussfeld freigeben.

Herbie sah sie und blinzelte. Sein Zeichen. Sie streckte die Zunge heraus, doch beim zweiten Mal trafen die Schweißtropfen ihre Augen und sie sah nichts mehr, während ihr Finger den Befehl des Gehirns ausführte und den Abzug betätigte.

Kjell Hansen hatte es eilig an diesem Morgen. Seine Frau wollte unbedingt mit ihm nach Kopenhagen zum Einkaufen und er klopfte ärgerlich seine Pfeife an der Reling seines kleinen Fischkutters aus. Als ob es nicht alles, was man so brauchte, auch in Svendborg gab ... aber Frauen waren halt so.

Er grinste. Kjell war nun seit fünfunddreißig Jahren mit Jette verheiratet und liebte sie immer noch wie am ersten Tag.

Sonst fuhr er immer so gegen fünf Uhr los, um seine Reusen und Stellnetze zu überprüfen und auszunehmen, aber der Einkaufstour wegen war er nun schon kurz nach Mitternacht in den Hafen gefahren, hatte den alten, zuverlässigen Diesel gestartet und war mit schäumender Bugwelle in den engen Sund, der Fünen von der Insel Taesinge trennte, eingelaufen. Eine Pfeifenlänge später wich das Land an Steuerbord zurück und er änderte ein wenig den Kurs, um jenseits der Fahrrinne sein erstes Netz anzusteuern. Kjell sah auf, als sein Kutter plötzlich in eine kleine Welle eintauchte, die von der Hecksee eines Bootes stammen musste, und fluchte über die Unvorsichtigkeit der verdammten Freizeitkapitäne, als er im diffusen Licht eine schnell fahrende Segelyacht ohne jede Beleuchtung sah, die seinen Kurs nach Norden hin gekreuzt hatte.

Er nahm den Gashebel zurück und ging mit der Taschenlampe nach vorn, um sich nach dem kleinen roten Fähnchen umzusehen, das sein Netz markierte, als er einen gedämpften Knall hörte, der über das Wasser zu ihm drang. Er sah gerade noch die bereits in sich zusammensinkende Stichflamme, die sich über Birkholm erhob und die nach einem kurzen Augenblick von einer bedrohlichen roten Flamme ersetzt wurde, die heller und größer wurde, während er noch mit offenem Mund in die Richtung starrte.

Schnell lief er zum Ruderhaus zurück und suchte mit fahrigen Fingern sein Handy in der Jacke, die er hinter der Tür aufgehängt hatte. Er fluchte, weil er das Funkgerät nicht hatte reparieren lassen, das nun nutzlos in der Schalttafel eingebaut war. Kjell hämmerte auf die viel zu kleinen Tasten und nach mehrmaligem Vertippen meldete sich endlich eine Stimme.

„Polizeistation Svendborg. Obermeister Paulus am Apparat." Er klang etwas verschlafen und tatsächlich hatte Paulus an seinem Schreibtisch ein Nickerchen gehalten, denn in Svendborg passierte nie etwas zwischen Abend und Morgen.

„Mats, es brennt auf Birkholm!", schrie Kjell ihn aus dem Hörer an.

Paulus nahm den Hörer ein Stück vom Ohr und wurde dienstlich. „Wer ist da und was möchten Sie melden?", fragte er.

„Mensch, Mats – ich bin's, Kjell Hansen. Ich bin mit dem Kutter draußen. Es gab eine Explosion auf Birkholm und jetzt brennt es da!"

Paulus kannte Kjell Hansen schon sein Leben lang und glaubte dem ruhigen, besonnenen Fischer aufs Wort.

„Geh da nicht allein ran, Kjell. Ich alarmiere die Feuerwehr!", rief Paulus und legte auf.

Dann begann er hektisch zu telefonieren und die effektive dänische Feuerwehr trat in Aktion. Die Schwierigkeit war, dass Birkholm eine gute drei Viertel Stunde Fahrzeit mit dem alten Feuerlöschboot entfernt lag. Es musste zudem erst noch klargemacht werden, nachdem eine ausreichende Zahl Feuerwehrmänner am Fischereihafen, in dem das Boot lag, angekommen war.

Paulus hatte unterdessen seinen Vorgesetzten informiert, den alten Kommissar Levgrön, der an beginnender Gicht und Schlaflosigkeit litt und deshalb fast noch vor dem ersten Feuerwehrmann am Hafen war.

„Tag Niels", begrüßte er den Vormann. „Nehmt ihr mich mit? Kjell hat eine Explosion gemeldet. Mal sehen, was da los ist."

„Klar, Jon. Steh uns nur nicht im Weg rum", brummte der Vormann und dann legte die Trine M. ab.

Kjell Hansen hatte seinen Kutter bis dicht an Birkholm heranmanövriert, konnte aber des Tiefganges des Bootes wegen nicht an den Steg. Was er von der Fahrrinne aus sah, ließ ihn schaudern. Die Segelyacht am Steg stand in ganzer Länge in Flammen. Helle, seltsam rote Flammen, über denen eine gewaltige schwarze Rauchsäule aufstieg.

„Verdammte Plastikboote", dachte Kjell. Der Mast stand noch, neigte sich aber einen Moment später zur Seite und stürzte über den Steg, der ebenfalls bereits Feuer gefangen hatte, als das Deckhaus der Yacht einsackte. Eine Funkengarbe war die Folge. Am Heck des brennenden Bootes konnte Kjell für einen Moment einen Schriftzug lesen, bevor eine neue Rauchwand sie wieder verbarg.

*Baldur*, murmelte Kjell, dem nichts blieb, als zuzusehen, wie die ehemals stolze Yacht in rasendem Tempo verbrannte. Gerade als das Feuerlöschboot um die Landspitze bog, gab es erneut eine Explosion, als der Treibstofftank detonierte. Kjells Kutter schwankte und er fuhr etwas zurück, um Platz für die *Trine M.* zu schaffen, die mit ihrem geringen Tiefgang direkt an den Steg herankonnte.

Auf dem offenen Vorschiff trat die Löschkanone in Aktion, die einen stattlichen Wasserstrahl in die lodernden Flammen schleuderte, aber es war viel zu viel Zeit vergangen, seit der Brand ausgebrochen war. Eine Stunde lang widerstanden die letzten Flammen den Löschversuchen, dann rauchte es nur noch aus dem, was von der *Baldur* übrig geblieben war. Der starke Scheinwerfer der *Trine* hatte die Szene gut ausgeleuchtet und die Männer waren überrascht, dass es schon fast hell war, als der Vormann ihn abschaltete. „Kunststoff", sagte der Vormann zu Kommissar Levgrön, der schweigend auf die Trümmer des Bootes sah, das bis zur Wasserlinie heruntergebrannt war und nur noch eine schwarze verkohlte Masse bildete. „Praktisch und billig zu bauen und zu warten – aber wehe es brennt."

Levgrön nickte. Dann ruckte sein Kopf hoch. „Die Leute vom Boot! Wo sind die?"

Auch dem Vormann fiel erst jetzt siedend heiß ein, dass er daran nicht gedacht hatte. „Jens, Heiner, Paul! An Land, und sucht die Insel ab, ob da vielleicht Verletzte oder überhaupt Leute sind!", schrie er.

Da der Steg verbrannt war, ließen die Genannten das Schlauchboot zu Wasser und ruderten an Land. Nach einer halben Stunde intensiver Suche stand fest, dass die Insel verlassen war. Nur Kjells Aussage, die wenigstens den Namen des Bootes enthielt, gab es. Das dunkle Boot, das er fast gerammt hatte, vergaß er zu erwähnen.

So wurde ein Bergeschlepper angefordert, der die Reste der Yacht nach Svendborg bringen sollte, und Levgrön und der Vormann schrieben einen Bericht in mehrfacher Ausfertigung. Nicht einmal die Nationalität des verbrannten Bootes war klar, und Levgrön hatte auch nicht viel Hoffnung, dass sie leicht festzustellen sein würde. Schließlich gab es rund um die Ostsee bestimmt an die hunderttausend Boote, von denen nicht wenige *Baldur* hießen. Trotzdem ließ er ein Rundschreiben an die Wasserschutzdirektionen der angrenzenden Länder absetzen, in dem er um Amtshilfe bat.

Er fühlte er sich nun, nach all der Aufregung, todmüde. Da es nichts weiter zu tun gab, bevor nicht die Spurensicherung das Wrack untersucht hatte, ging er nach Hause, trank, obwohl es erst gerade Mittag war, ein Glas Rotwein und schlief dann sofort ein.

Paul hatte die *Freya* ein wenig nach links drehen lassen, um aus der Fahrrinne zu kommen. Das war nun gefahrlos möglich, denn hier war es laut Seekarte überall tief genug. Auch sie hörten den dumpfen Knall der Explosion, hatten ihn schon lange erwartet, aber als er dann kam, schraken sie doch zusammen. Da sie schon ein Stück nördlicher waren als Hansen, hörte es sich für sie wie die Fehlzündung eines Autos an, nur dass es hier eben keine Autos gab.

Ninas Hand krallte sich in Pauls Arm und sie sahen stumm zurück, wo der Nachthimmel sich rot zu färben begann. „Mein Gott", flüsterte Nina, der plötzlich ein bohrender Schmerz durch den Kopf raste.

„Hier, halt das Ruder", sagte Paul sanft und löste ihre Hand aus dem Stoff seiner Jacke.

Instinktiv ahnte er, dass Nina nahe an einem Nervenzusammenbruch war und hoffte, dass die Arbeit am Ruder sie lange genug durchhalten lassen würde, bis er aus der Kajüte zurück war. Er goss zwei große Gläser voll Cognac und kramte dann im Medizinfach, bis er endlich die Schlaftabletten fand. Er ließ zwei davon in Ninas Glas fallen, zögerte etwas und ließ noch eine dritte folgen, dann kletterte er zurück an Deck.

Nina starrte mit weit aufgerissenen Augen voraus in die Nacht. Paul sah an ihr vorbei über das Heck und erschrak. Das schwach fluoreszierende Kielwasser beschrieb einen Halbkreis nach links, und dort lag nicht allzu weit entfernt der Strand von Aerö. Paul sprang schnell zu ihr, löste ihre Hände vom Ruder und setzte sie behutsam auf die Bank. Dann drehte er das Ruder nach rechts und atmete erleichtert aus, als der Blick aufs Echolot mehr als vier Meter unter dem Kiel zeigte.

Die gefüllten Glaser waren bei diesem Manöver umgefallen und der Cognac schwappte auf dem Boden. Nina hockte immer noch so da, wie Paul sie hingesetzt hatte; er schaltete die Selbststeueranlage ein und holte neuen Cognac aus der Kajüte. Mit einem Teelöffel verrührte er die Schlaftabletten in Ninas Glas und balancierte sie sicher nach oben.

„Hier, trink das", sagte er sanft, und als sie nicht reagierte, setzte er sich neben sie und flößte ihr Schluck für Schluck das scharfe Getränk ein.

Sie musste plötzlich husten und spuckte einen Teil davon über seine Hose, aber das meiste blieb drinnen. Schließlich entspannte sich ihr Körper etwas und Paul konnte sie hinlegen. Sorgsam legte er eine Schwimmweste unter ihren Kopf und hielt ihre Hand. Ab und zu nahm er einen kleinen Schluck aus seinem Glas und dann wurde ihm bewusst, dass er den Ufersaum sehen konnte und dass es von Minute zu Minute heller wurde.

Nina schlief fest und Paul stand auf, korrigierte den Kurs, um rechts an der Insel Alsen, die schon schemenhaft zu sehen war, vorbeizufahren. Er drehte sich genau in dem Moment wieder um, als der erste grellrote Rand der aufgehenden Sonne eine leuchtende Spur auf die *Freya* zulaufen ließ und sie in goldenes Licht tauchte. Aber nun machte sich auch bei ihm eine bleierne Müdigkeit breit.

Sie passierten gerade die winzige Insel Lyö und er wusste, dass es dort einen kleinen, an Wochentagen kaum belegten Hafen neben dem Fähranleger gab. Eine halbe Stunde später lag die *Freya* gut vertäut am äußersten Ende des kleinen

Yachthafens. Nur ein älterer Mann war auf einem der wenigen Boote und hatte Paul zugenickt.

Es gelang Paul, Nina für einen Moment wachzubekommen und ins Vorschiff zu bugsieren. Dann lagen sie beide auf der breiten Koje und schliefen.

„Kommt immer mal wieder vor", brummte Mogen Elvgaard und setzte sich leise aufseufzend auf die Steinmauer neben Kommissar Levgrön. Die beiden kannten sich schon lange. Elvgaard hatte einige Zeit der Feuerwehr in Svendborg angehört, bevor er als Brandermittler nach Odense, der Hauptstadt Fünens, gegangen war.

„Die Leute sparen an der Wartung oder sind einfach gedankenlos, was den Umgang mit Gas angeht."

„Also ein Unfall", sagte Levgrön.

Elvgaard nickte langsam. „Sieht so aus. Ich meine, war ja sonst niemand da, und die armen Leute hat's im Schlaf erwischt."      Elvgaard hatte mithilfe einiger Leute der Bootswerft Stück nach Stück des verklumpten schwarzen Plastiks, das einmal eine stolze Segelyacht gewesen war, auseinandergenommen. Sie hatten Schutzanzüge und Atemschutzmasken tragen müssen, denn die Trennscheiben hatten überall mikroskopischen Staub verteilt, den auch die starken Absaug-Geräte nicht vollständig aufnehmen konnten.

Es war ein bisschen wie bei einer archäologischen Ausgrabung, denn die Leute suchten ja nach verwertbaren Hinweisen. Sie fanden schließlich die verkohlten Reste zweier

Leichen, kaum erkennbar und durch die Hitze des verflüssigten und dann wieder erstarrten Kunststoffs wie in einem Kokon eingesponnen.

Sie waren nun als ganzes Segment in die Kriminalpathologie nach Odense gebracht worden, wo man versuchen würde, den Kunststoff zu lösen und die Identität oder auch nur das Geschlecht der Opfer zu ermitteln. Elvgaard war auf Vermutungen angewiesen, hatte aber schon einmal etwas Ähnliches untersucht und war sich ziemlich sicher, dass er es mit den Folgen einer Gasexplosion zu tun hatte.

„Es gab zuerst die Explosion, dann das Feuer", erklärte er dem Kommissar. „Sieh hier ..." Er zeigte Levgrön ein Stück Teakholz, das nicht verbrannt war. „Die Bruchkante kommt von plötzlicher Gewalt, eben einer Explosion."

Er schwieg einen Moment. „Glaub ich wenigstens. Ganz genau kann man das nie sagen."

Sie schwiegen beide eine Zeit lang. Vor ihnen schaukelten die Boote im leicht kabbeligen Wasser des Hafens.

„Danke, Mogen", sagte Levgrön dann. „Unfall also. Lassen wir es dabei. Irgendwas über die Identität des Bootes oder der Leute?"

Mogen spuckte aus. „Serienboot", sagte er dann. „Baltic-30. Wird überall in Europa verkauft. Wir haben dem Hersteller gemailt und eine Kundenliste angefordert. Aber den Typ gibt's schon seit mindestens fünf Jahren und Boote werden weiter- und zwischenverkauft. Ich hab da wenig Hoffnung. Vielleicht kriegen ja die Kollegen in Odense was über die Opfer raus. Die sind sehr gut mit ihrem Labor und wie die Bluthunde. Die lassen nicht nach, bis sie was finden."

Levgrön stand auf. „Komm, Mogen. Ich geb' einen aus. Weißt du eigentlich, dass ich in zwei Monaten in Rente gehe?"
Elvgaard lachte. „Zeit wird's, dass hier mal ein frischer Wind weht", meinte er spaßhaft, wusste aber, dass Levgröns Erfahrung nicht leicht wettgemacht werden konnte.

In Niendorf gab es ein bisschen Aufregung. Zwei Charterkunden wollten ihre Boote abgeben, aber das Büro war abgeschlossen und unter der an der Tür angeschriebenen Telefonnummer war niemand erreichbar. Die Leute hatten sich schließlich an den Hafenmeister gewandt, der ihnen riet, die Boote abzuschließen und die Schlüssel in den Briefkasten zu werfen.
Er schrieb sich die Namen der Leute auf und schüttelte den Kopf. So etwas hatte er bei Schrothoff noch nicht erlebt. Stutzig wurde er zwei Tage später, als weitere ratlose Kunden vor dem Charterkontor standen, die Boote übernehmen wollten. Er versuchte alle Telefonnummern, die er von Schrothoff hatte. Die Nummer in Scharbeutz und die Handy-Nummern von Paul und Cora. Nina fiel ihm ein, aber die war ja mit Gerd auf Weltreise. Immerhin, einen Versuch war es wert, und er wählte ihre Nummer.

Nina erstarrte. Ihr Handy piepte. Sie saß auf einem kleinen Hügel, der höchsten Erhebung der Insel Lyö, und sah über das glitzernde Meer. „Unbekannte Nummer" stand im Display. Paul war beim Boot und sie wollte es klingeln lassen, aber dann nahm sie das Gespräch doch an.
„Ja?", sagte sie.

„Nina, gut dass ich dich erreiche", sagte eine Stimme, die sie nicht gleich unterbringen konnte.

„Hafenmeister Kalle, Niendorf. Kannst du mich hören?" Es rauschte ein bisschen und Ninas Herz schlug plötzlich zum Zerspringen.

„Was ist denn?", fragte sie atemlos. Kalle erklärte ihr, was in Niendorf gerade ablief; dass er niemanden bei der Charterfirma erreichen könne und ob sie wüsste ..."

„Die haben uns ein Stück begleitet ... bis Fehmarn", log sie.

„Dann sind sie abgedreht. Hallo ... Hallo?"

Sie tat, als ob die Verbindung abgerissen wäre, und drückte auf „aus". Daran hatten sie nicht gedacht. Dass das Verschwinden von Paul und Cora so schnell bemerkt werden würde. Sie überdachte blitzschnell, was das ausmachen konnte, war dann aber beruhigt. Sie erhob sich, klopfte das Gras von ihrer Hose und schlenderte zurück zum Hafen, wo Paul wartete, denn sie wollten endlich weiterfahren. In das nächste Gras würde sie sich erst auf Gran Canaria setzen können.

Ullrich Kalle war schon seit mehr als zwanzig Jahren Hafenmeister und sein Gefühl sagte ihm, dass da irgendwas überhaupt nicht in Ordnung war. Er kannte Paul Schrothoff, seit der seine Charterfirma eröffnet hatte. Sie waren zwar ein paar Mal wegen des Verhaltens von dessen Charterkunden aneinandergeraten; im Allgemeinen kam man aber gut miteinander aus.

Nach dem abgebrochenen Gespräch mit Nina Roth hatte er sich besorgt an der Wange gekratzt. Dann nahm er die Liste seiner Hafenmeisterkollegen rund um die Bucht und telefonierte sie nacheinander ab. Er fragte nach der *Baldur* und ob es eventuell dort oder in der Nähe einen Unfall gegeben hätte, aber er erhielt durchweg abschlägige Bescheide. Als dann noch ein weiterer Kunde der Charterfirma Schrothoff, der vergeblich ins Büro wollte, bei ihm vorsprach, war für ihn klar, dass etwas passiert sein musste. Er wählte die Nummer der Küstenwache in Neustadt.

Seine Anzeige wurde aufgenommen und die Küstenwache ihrerseits verständigte die Kriminalpolizei in Eutin. Inspektor Bloch nahm das Telefonat seines Kollegen von der Küstenwache an, machte sich Notizen und versprach, in Niendorf und Scharbeutz Erkundigungen nach dem Verbleib der Schrothoffs einzuholen. Sein Kollege von der Küstenwache würde ein Rundschreiben mit der Beschreibung der vermissten Yacht und der Schrothoffs an alle Dienststellen im Bereich der westlichen Ostsee schicken, aber man war sich einig, dass sich da wohl nur mal jemand eine Auszeit gegönnt hatte.

„Na, Kollegin, hast du was gefunden, was uns weiterbringt?" Mogen Elvgaard hielt sich in der Nähe der Tür auf, um jederzeit den Rückzug antreten zu können. Die Leichen aus der verbrannten Yacht lagen auf den Stahltischen der Pathologie in Odense, und Mogen hatte bereits beim Betreten des Hauses einen leichten Geruch wahrgenommen, der aus den verschiedensten Chemikalien, Reinigungsmitteln und ... ja vielleicht auch Verwesungsgasen bestand. Sein Magen rebellierte.

„Hej, Mogen", antwortete Inger Svallemoen, eine stämmige Mittfünfzigerin.

Sie hatte in ihrer mittlerweile dreißigjährigen Dienstzeit alles gesehen und erlebt, was es in der Pathologie zu sehen gab. „Nee, nichts Besonderes. Siehst ja, wie wenig da übrig geblieben ist."

Sie wies auf die Tische, aber Mogen sah lieber nicht so genau hin. „Immerhin handelt es sich um einen Mann und eine Frau. Der Mann hatte mal einen schlimmen Unfall. Doppelter Schienbeinbruch am linken Bein. Ich schreib noch den Bericht und dann ... Wer kümmert sich um die Beerdigung und so weiter? Wir können die ja nicht ewig in der Kühlkammer lassen."

Elvgaard zuckte die Schultern. „Keine Ahnung. Bisher hat sie noch keiner vermisst gemeldet, und wenn ihr nichts über ihre Identität rausfindet ..."

Inger schniefte. Trinken wir ein Bier zusammen heute Abend, im *Svane*?", fragte sie hoffnungsvoll. Elvgaard sagte zu und verabschiedete sich schnell, froh, diesem Ort zu entkommen.


„Kommissar Levgrön? Hier kam gerade ein Fernschreiben der deutschen Küstenwache rein." Obermeister Paulus wedelte mit einem Stück Papier, und Levgrön, der gerade das *Dagebladet* durcharbeitete, blickte auf, wobei seine alte Lesebrille die Nase herunterrutschte.

„Danke, Mats", sagte er und nahm das Papier. Levgrön konnte gut Deutsch und ihm war sofort klar, dass seine unbekannten Brandopfer nun Namen hatten. Seufzend setzte er sich auf, legte die Zeitung beiseite und wählte die Telefonnummer, die auf dem Fahndungsersuchen der deutschen Küstenwache aufgedruckt war.

Eine Stunde später stand Inspektor Bloch vor Hafenmeister Kalle, der betroffen zu den leicht schaukelnden Charteryachten hinüber sah. Bloch fragte nach Angehörigen der Schrothoffs und Kalle gab Bloch Ninas Handynummer sowie das Funkrufzeichen der *Freya*.

Die Polizei durchsuchte zunächst einmal Büro und Haus der Schrothoffs nach Hinweisen auf weitere Verwandte, konnte aber niemanden ausfindig machen.

So flossen die Informationen hin und her. Nun fiel es wieder der Küstenwache zu, Nina, die einzige Angehörige der Toten, und damit die *Freya* ausfindig zu machen. Man wusste, dass Gerd Willers und Nina Roth um Kap Skagen herum und dann an der Westküste Jütlands entlang Richtung Ärmelkanal unterwegs waren. Obermeister Setzer erhielt den Auftrag, die Yacht zu finden, und bat seine dänischen Kollegen um Mithilfe. Dann wählte er jede halbe Stunde Ninas Handynummer und gab Funksprüche auf Kanal 16 ab, den jedes Schiff auf See im Allgemeinen abhört. Dazwischen trank er Kaffee und freute sich auf seinen Feierabend.

August

„Scheiße, Scheiße, Scheiße!", fluchte Paul.

„So schnell haben die das rausgefunden! Was machen wir jetzt?"

Sie waren bei Middelfart durch den Kleinen Belt gefahren und hatten sich dann ziemlich mittig zwischen Dänemark und Schweden nach Norden bewegt. Laesö war passiert und bald würden sie nach Westen abdrehen und Kap Skagen runden, um dann südwärts der Küste zu folgen.

Seit Stunden drang regelmäßig alle halbe Stunde ihr Rufzeichen aus dem Funkempfänger und dauernd piepte Ninas Handy. Nina brütete vor sich hin, dann meinte sie:

„Vielleicht ist das sogar gut für uns. Jedenfalls war ja klar, dass sie versuchen, uns zu finden, wenn das Boot identifiziert ist." Sie seufzte und trank einen langen Schluck Cognac, um ihre Nerven zu beruhigen.

„Beim nächsten Anruf geh ich ran und dann entscheiden wir, wie es weitergeht."


Obermeister Setzer schrak direkt etwas zusammen, als sich beim wohl dreißigsten Versuch, Verbindung mit Nina Roths Handy aufzunehmen, tatsächlich jemand meldete. Die Qualität der Verbindung war sehr schlecht, was Setzer dazu zwang recht laut zu sprechen, und die Kollegen in der Einsatzzentrale der Küstenwache blickten ihn missbilligend an.

„Hallo, hallo ... sind Sie noch dran?" lautete die ständige Zwischenfrage, aber schließlich konnte Setzer befriedigt auflegen.

Er klopfte an die Tür seines Vorgesetzten. „Ich habe die gesuchte Nina Roth von der Yacht *Freya* erreicht. Sie wird in

Cuxhaven an Land gehen und umgehend nach Niendorf fahren."

„Danke, Setzer", entgegnete Polizeirat Metz und gab die Nachricht an Inspektor Bloch in Eutin weiter.

„Bist du verrückt?" Paul starrte Nina entgeistert an. „Wir können doch nicht ernsthaft in Cuxhaven einlaufen! Vielleicht erwarten die uns da schon und, wie der Teufel das will, kontrolliert jemand die Papiere. Noch seh ich nicht annähernd aus wie Gerd!"

Er zog an den spärlichen Barthaaren, die in den paar Tagen gewachsen waren. Später, wenn das ein richtiger Vollbart sein würde, sähe er dem Foto in Gerds Pass verblüffend ähnlich. Aber bis dahin ...

Nina nagte an ihrer Unterlippe. „Ich konnte doch gar nicht anders. Wäre doch aufgefallen, wenn ich nicht sofort heimkommen würde nach so einer Nachricht."

Sie dachte einen Moment nach. „Ich hab's!", rief sie plötzlich. „Du setzt mich auf Helgoland an Land. Von dort fahre ich mit dem Schiff nach Cuxhaven und du legst gleich wieder ab und fährst allein nach Puerto Mogan. Schaffst du doch, oder?"

Paul winkte ab. „Klar schaff ich das. Aber du kommst so schnell wie möglich nach, sobald du das Geld von der Versicherung hast!"

„Natürlich, Schatz", beruhigte ihn Nina.

Sie sahen die rote Insel schon lange im Sonnenschein liegen und sie genossen die letzten gemeinsamen Stunden und ließen die Selbststeueranlage das tun, wofür sie gedacht war.

Nina stand ganz am Heck der großen, rot-weißen *Halunder Jet*. Hier gab es die einzige Möglichkeit für Passagiere, frische Luft zu schnappen, was allerdings ins Gegenteil verkehrt wurde, denn die Raucher drängten sich hier und qualmten um die Wette. Der schnelle Katamaran verkehrte täglich zwischen Hamburg und Helgoland, und Nina hatte gerade noch an Bord gehen können, nachdem die *Freya* an der Kaimauer direkt hinter der Fähre angelegt hatte.

„Hier können Sie nicht anlegen!", hatte ein herbeieilender Angestellter der Schifffahrtslinie wild gestikulierend gebrüllt, aber Paul hatte sich nicht beirren lassen. Als der Angestellte sah, dass nur schnell jemand aussteigen wollte, hatte er Nina sogar mit ihrer Reisetasche geholfen und ihr ein Ticket verkauft. Er bedauerte, hier in Helgoland bleiben zu müssen und nicht mit dieser aufregenden Frau an Bord gehen zu können. Paul hatte gleich wieder abgelegt. Die tief ins Gesicht gezogene Seglermütze und die Sonnenbrille hatten ihn fast unkenntlich gemacht, aber der Angestellte hatte ohnehin nur Augen für Nina gehabt.

Nina war an Bord der beinahe auslaufbereiten Fähre gegangen und gleich auf die kleine Heckplattform geeilt, von wo aus sie der *Freya* nachsah, die bereits den Hafen hinter sich gelassen hatte und Kurs auf den englischen Kanal nahm. Sie stand noch dort, als der Katamaran Fahrt aufnahm und mit hoher Geschwindigkeit der Elbmündung entgegenraste. Der Horizont verschluckte die *Freya*.

Nina war froh, dass der Katamaran sie direkt nach Hamburg brachte. Sie nahm an den Landungsbrücken ein Taxi und ließ sich zum Bahnhof bringen, von wo der Regionalexpress nach

Lübeck sie weiter beförderte. Sie musste umsteigen, erreichte aber noch in der beginnenden Dämmerung des langen Sommertages ihre Wohnung, die sie in Erwartung einer langen Abwesenheit doch eingemottet hatte.

Der Kühlschrank war leer, aber sie hatte keine Energie mehr, noch einmal auszugehen. Gerds Foto auf dem Küchenschrank ließ sie zusammenbrechen. Sie warf es in den Mülleimer und schrie und heulte die halbe Nacht auf dem Sofa, bevor sie in einen ruhelosen Schlaf fiel.

Sie erwachte von lang anhaltendem Klingeln an der Tür. Inspektor Bloch hatte nur einmal versuchsweise vorbeischauen wollen, ob Frau Roth schon angekommen wäre.

„Ja, die ist seit gestern Abend da", hatte eine Nachbarin bereitwillig Auskunft erteilt.

Alle hier wussten mittlerweile, was passiert war, und fühlten mit der jungen Frau. Nina taumelte den Flur entlang zur Tür und warf unterwegs einen Blick in den Spiegel, der sie erschrecken ließ. Tiefe Augenringe, Spuren des groben Sofastoffes im Gesicht und verstrubbelte Haare.

In diesem Zustand sah Inspektor Bloch sie und wurde sofort weich. Nichts brachte sein Herz mehr zum Schmelzen als eine leidende Frau, und diese litt sichtlich. Er stellte sich vor, zeigte seinen Ausweis und wurde von Nina hereingebeten. Sie entschuldigte sich und verschwand erst mal im Bad. Bloch hatte Muße, die Wohnung zu betrachten, was er berufsmäßig tat.

„Wir hatten alles für ein Jahr eingemottet", sagte Nina, die unbemerkt eingetreten war.

Bloch nickte.

Nina machte eine entschuldigende Geste mit der Hand. „Ich würde Ihnen Kaffee anbieten, hab aber rein gar nichts im Haus."

„Ich habe zunächst nur ein paar Fragen. Vielleicht darf ich Sie zum Frühstück einladen? Um die Ecke ist doch ein Bäcker", entgegnete Bloch und Nina nahm die Einladung an.

„Bei Fehmarn haben Sie die *Baldur* zuletzt gesehen?" fragte Bloch kauend und hielt sich entschuldigend die Hand vor den Mund.

Nina nickte scheinbar abwesend. In Wirklichkeit konzentrierte sie sich auf jedes Wort, um sich nicht in Widersprüche zu verwickeln. „Ja, Herr Inspektor. Wir liefen auf Kurs weiter und die *Baldur* drehte ab."

„Wieso, meinen Sie, sind die dann doch noch hinter ihnen her, also nach Birkholm gefahren?", fragte Bloch.

„Keine Ahnung", antwortete Nina. „Aber ich weiß, dass Paul da schon öfter mal war. Vielleicht wollte er Cora die Insel zeigen, und da sie schon halbwegs da waren ... Ich weiß es nicht."

Bloch nickte. „Was werden Sie jetzt tun?", fragte er Nina.

Die zuckte die Schultern. „All die Formalitäten ... keine Ahnung. Ich hoffe, Dr. Siebert, Pauls Anwalt, kann mir helfen. Ich werde da gleich nachher hingehen."

Bloch nickte und kramte seine Visitenkarte aus der Jacke. Er stand auf, legte Nina eine Hand auf die Schulter, was die leicht übergriffig fand, und legte die Karte auf den Tisch.

„Wenn Sie Hilfe brauchen ... Ich bin für Sie da. Ich muss los. Auf Wiedersehen einstweilen."

Nina sah ihm nach. „Gott sei Dank", dachte sie. „Das scheint ja zu klappen."

Rechtsanwalt Siebert war froh, dass sein Mandant Schrothoff zu Lebzeiten so umsichtig gewesen war. Es gab ein gültiges Testament und Hinweise auf Versicherungen und Bankkonten. Sowohl Cora als auch Paul Schrothoff hatten Nina als einzige Verwandte und Erbin benannt, und die saß nun vor ihm und sichtete mit ihm die Unterlagen.

„Werden Sie die Firma weiterführen?", fragte Siebert. „Ich meine, mit der Summe aus der Lebensversicherung Ihrer Schwester können Sie investieren und gut leben."

Nina schlug immer noch ein bisschen das Herz. Sie hatte nicht damit gerechnet, dass ihr Erbe so hoch ausfallen würde. Alles zusammen, inklusive des Wertes der Boote und des Hauses, fast anderthalb Millionen Euro! Paul hatte ja nur mit der Versicherung gerechnet, Haus und Betrieb aber schlichtweg vergessen.

„Erst mal das Wesentliche", holte der Anwalt sie in die Wirklichkeit zurück. „Die Dänen möchten wissen, wann die Leichen überführt werden. Ich habe mir erlaubt, ein hiesiges Unternehmen zu beauftragen."

Er sah zur Sicherheit noch einmal in die Unterlagen auf seinem Schreibtisch. „Beide wollten eine Seebestattung."

Nina nickte. „Danke für Ihre Hilfe, Herr Dr. Siebert. Wie es mit der Charterfirma weitergehen könnte – darüber möchte ich mit Ihnen sprechen."

Sie erhob sich und Siebert beeilte sich ihr zu folgen. „Sie sollten die Firma wirklich weiterführen. Jetzt, wo sie praktisch schuldenfrei ist. Ich werde Sie gern beraten", sagte Siebert und verabschiedete Nina.

Nina war der einzige Passagier auf der weißen Motoryacht, auf der die Urnen der eingeäscherten Reste des verstorbenen Ehepaares Schrothoff zu dem dafür reservierten Seegebiet nordöstlich von Travemünde gebracht wurden. Die Schiffsführerin stoppte die Motoren und überließ es Nina, die Urnen der See zu übergeben. Es war ihr nicht bewusst, dass sie einige Minuten zögerte, bevor sie die erste Urne ins Wasser warf, wo sie sie, der Klarheit des Wassers wegen, fast bis zu ihrem Aufschlag auf dem Meeresboden mit den Augen verfolgen konnte. Ein Würgereiz überfiel sie und sie erbrach sich über die Bordwand. Der Bootsmann hielt ihr diskret ein Handtuch hin, mit dem sie ihr Gesicht säuberte. Die zweite Urne warf sie fast ein wenig hastig über Bord und krampfte dann ihre Hände um die Reling, denn das Boot schien plötzlich heftig zu schwanken.

Nina bekam einen Schnaps angeboten, den sie gern annahm. Als die Kapitänin sich wieder auf ihre Brücke begeben hatte und das Boot Fahrt aufnahm, trank sie einen tiefen Schluck des kräftigen Köms und warf das Glas über Bord.

„Leb wohl, Gerd", sagte sie laut und dann verschleierten wieder Tränen ihren Blick.


Sie konnte nicht zu Herbies Beerdigung gehen. Sie konnte überhaupt nichts mehr. Sie lag in ihrem Zimmer in der Landesklinik Neustadt und sah die Decke an. Niemand durfte zu ihr und der behandelnde Psychiater schüttelte den Kopf, als

Udo ihm erzählte, was für ein Gespräch er am Nachmittag vor dem Einsatz mit ihr geführt hatte.

„Ich bin ein Freund von ihr", hatte Micha Sauer am Empfang gesagt, aber auch er durfte nicht zu ihr.

Die Schwester versprach, die Blumen abzugeben, aber Ellen sah diese nicht an, als sie auf ihren Nachttisch gestellt wurden.

Vier Wochen und viele Therapie-Sitzungen später verließ sie die Klinik. Sie hätte bei der Polizei bleiben können. Polizeirat Bäumer und Hauptkommissar Lorenzen hatten sie mehrfach besucht, nachdem sie so weit war, und hatten ihr versichert, dass so etwas eben vorkommen konnte in ihrem Beruf.

Aber ihr drehte sich der Magen um, wenn sie auch nur ein Martinshorn in der Ferne hörte.

Ellen Hamann machte keine guten Zeiten durch. Ihr vierzigster Geburtstag lag knapp zurück und hatte sie mit zusätzlichen Depressionen versorgt. Was hatte sie schon vorzuweisen? Eine gescheiterte Ehe und eine ebenso gescheiterte Karriere bei der Polizei.


Udo wollte zu ihr zurückkehren, aber sie merkte, dass es reines Schuldbewusstsein und Mitleid war; sie reichten die Scheidung ein. Sie bezog eine kleine Zweizimmerwohnung im Stadtteil St. Lorenz, lebte von Ersparnissen und sah sich eine Doku-Show nach der anderen im Fernsehen an.

Es war ihr ausgeprägter Lebenswille und die Langeweile, die sie ins Leben zurückführten. Die ganze Zeit über hatte Micha ihr SMS und E-Mails geschickt und sie hatte nie geantwortet.

Sie joggte wieder und gab das Rauchen auf, das sie sich wieder angewöhnt hatte. Dann las sie die Anzeige im

Stellenmarkt der Lübecker Nachrichten, in der eine Versicherung eine Mitarbeiterin für die Schadensabteilung suchte.

Sie bewarb sich, wurde zu einem Gespräch eingeladen und es stellte sich heraus, dass der Personalchef der Seaguard-Versicherung ein guter Freund von Polizeirat Bäumer war.

Als Ellen gegangen war, führten die beiden ein Gespräch miteinander, und noch bevor Ellen zu Hause ankam, klingelte ihr Handy und sie hatte den Job.

Nichts Tolles, aber sie war zufrieden. Sie bekam Visitenkarten, auf denen unter dem imposanten Briefkopf der Seaguard-Versicherungen ihr Name stand sowie „Ermittlerin für Schadensfälle".

Sie freute sich, als sie die Kärtchen auspackte und ansah, und dann freute sich auch Micha, den sie anrief, weil sie das mit jemandem feiern wollte – und so begann ihre Zukunft.

Nur langsam wich die Trauer, die alles überschattete.

Dabei half ihr die Arbeit bei der Seaguard, die sich auf die Versicherung von Yachten spezialisiert hatte. Viele Freizeitkapitäne dachten, dass es einfach wäre, hier und da die Kaskoversicherung durch getürkte Unfälle ein wenig zu erleichtern.

Wenn die Sachbearbeiter, die ein Auge für so etwas hatten, Verdacht schöpften, kamen Leute wie Ellen ins Spiel, die jeweils eine Prämie für die Aufklärung dieser Betrügereien erhielten.

Die erste Freude über den Job bei der Versicherung war schnell Ernüchterung gewichen. Sie war nur eine Art freie Mitarbeiterin, die nicht einmal ein eigenes Büro bekam. Ein

Laptop, eine Digitalkamera und ein paar Dienstanweisungen waren alles, was ihr von der Seaguard zur Verfügung gestellt wurde. All das musste zusätzlich in ihrer kleinen Wohnung Platz finden.

Auch ihre Hoffnung auf einen Dienstwagen war zerstoben. „Sie bekommen Kilometergeld für Ihren Privatwagen, wenn Sie für uns tätig sind", hatte Herr Drewitz, ihr neuer Vorgesetzter ihr beschieden.

So musste ihr alter Polo weiter durchhalten.

Sie mochte den aufgeblasenen und in ihren Augen inkompetenten Versicherungsmann nicht und das schien auf Gegenseitigkeit zu beruhen, denn er schob ihr nur wenige und unlukrative Aufträge zu. Ein mutwillig zerstörtes Segel hier, ein gestohlener Außenborder da …

Einige Male gelang es ihr, die beantragte Versicherungsleistung als versuchte Betrügerei zu entlarven, was aber angesichts der recht geringen Schadenssummen, von der sie gerade einmal fünf Prozent bekam, recht mager war. Ein kleines Fixum reichte knapp für ihre Grundausgaben.

Das hielt Ellen Hamann gerade so über Wasser und sie suchte intensiv nach etwas Besserem. Privat schlidderte sie von einer kurzen und belanglosen Affäre in die andere, und langsam wuchs die Erkenntnis, dass es für sie wohl die große Liebe niemals wieder geben würde.

Der Auftrag, sich die Umstände des fatalen Brandes auf der *Baldur* anzusehen, war Routine. Bei Todesfällen musste es Ermittlungen geben. Das sahen die Satzungen der Versicherung vor. Drewitz hatte nicht vorgehabt, der „Neuen" diesen Fall zu übertragen, aber es war kein anderer zur Verfügung gewesen.

„Sowieso ein klarer Fall", dachte er und gab ihr den Job.

Ellen bekam alle der Versicherung bekannten Fakten per E-Mail auf ihren Computer und druckte sie aus. Sie seufzte.

„Auf nach Dänemark", sagte sie zu sich selbst und steuerte ihren alten Polo auf die Autobahn.

Sie genoss die kurze Überfahrt mit der Fähre von Puttgarden auf Fehmarn nach Rödby, stand an der Reling und ließ sich den Wind um die Nase wehen.

„Idioten", dachte sie. „Wollen hier für Milliarden einen Tunnel oder eine Brücke bauen und rauben diese unwiederbringlichen Minuten der Muße."

Es dauerte bis zum frühen Abend, Svendborg zu erreichen.

Sie nahm ein Zimmer im preiswerten *Skovsgade-Kro* und machte einen Stadtrundgang, der sie auch zum Hafen führte.

Zwei Männer arbeiteten an einem kleinen Feuerlöschboot. Sie sprach sie kurz entschlossen an und fragte, ob sie bei der Löschung einer Yacht auf Birkholm mitgewirkt hätten.

Die Männer musterten sie misstrauisch, aber sie stellte sich als Versicherungsagentin vor. Peder und Hendrik waren durstig, und als Ellen ihnen vorschlug, sich bei einem Bier zu unterhalten, konnten sie nicht widerstehen.

Eine halbe Stunde und zwei Runden Tuborg später wusste Ellen alles, was die beiden über den Brand wussten, und hatte Mogen Elvgaards Adresse in Odense.

Ellen Hamann hatte sich telefonisch mit Mogen Elvgaard verabredet. Sie wäre nach Odense gefahren, aber Elvgaard hatte sowieso in Svendborg zu tun und sie trafen sich in einem Restaurant. Sie waren sich auf Anhieb sympathisch und es war ein gutes Essen, das Ellen auf die Spesenrechnung der Seaguard setzen ließ.

„Tja", sagte Mogen und schloss seinen Bericht, den er Ellen während des abschließenden Kaffees gab. „Das Boot war vollkommen ausgebrannt, bis zur Wasserlinie herunter. Ich vermute einen Unfall mit der Gasanlage, obwohl es keine verwertbaren Spuren gab. Steht alles in meinem Bericht."

Er wies auf den schmalen Hefter, der eine Kopie seiner Ermittlungsakte enthielt und den er Ellen überlassen hatte. „Der arme Kerl muss früher mal ganz schön Schmerzen gehabt haben. Hatte eine schlimme Beinverletzung."

Ellen nickte. „Vielen Dank für Ihr Entgegenkommen und das ...", sie schlug leicht auf den Hefter.

Elvgaard lächelte. „Vielleicht können Sie sich ja mal revanchieren. Ich muss jetzt leider, meine Freundin wartet", sagte er und erhob sich.

Ellen sah ihm nach und bestellte sich noch einen Wein. „Schade, er hat eine Freundin", sinnierte sie.

Elvgaard gefiel ihr. Morgen würde sie nach Hause fahren und den Abschlussbericht schreiben. Wieder ein Fall gelöst. Keine Auffälligkeiten, und die Miete für einen Monat verdient.


Paul hatte das alles unterschätzt. Nicht so sehr die Handhabung der Yacht, die war ihm im Laufe der Jahre in Fleisch und Blut übergegangen, aber die Ungewissheit über das, was sich in Niendorf zutrug. Nina, die vielleicht doch einen Fehler machte und ihn kaum erreichen konnte. Und dann das Gefühl der Einsamkeit, das sich nach Verlassen des englischen Kanals eingestellt hatte. Der ungeheure Verkehr der zwischen England und Frankreich kreuzenden Fährschiffe und die plötzlich auftauchenden Luftkissenboote mit heulenden Triebwerken ließen ihm keine Ruhe, und er schluckte Tabletten, die ihn wach halten sollten.

Und dann die plötzliche Weite und Leere des Atlantiks. Dabei hatte er noch absolutes Glück mit dem Wetter. Seit Tagen trieb ihn ein gleichmäßiger achterlicher Wind mit gut sieben Knoten in der Stunde voran. Die Wellen waren recht hoch, aber nicht unangenehm in ihrer Länge, und die Selbststeueranlage funktionierte.

Es machte ihn aber zunehmend nervös, wenn er sich umsah und nichts als Wasser zu sehen war. Paul verglich den Standort, den sein GPS ihm zeigte, mit der Seekarte. Die *Freya* befand sich nun ziemlich genau westlich der Tejo-Mündung, an der Lissabon lag, leider mehr als 200 Meilen östlich und unerreichbar. Paul fluchte kurz. Mit Glück noch vier Tage bis zu seinem Ziel, und vielleicht, wenn das Wetter klar blieb, würde er lange vorher den Gipfel des Teide auf Teneriffa sehen und dann ... Vorerst aber holte er sich ein Bier aus der Backskiste und versuchte an nichts zu denken.

Nina hatte gedacht, dass sie schnell alles abwickeln und dann schon mit dem Flugzeug auf Gran Canaria sein würde, bevor Paul dort ankam. Dr. Siebert nahm ihr alle Formalitäten ab, aber es dauerte.

Die Versicherungsgesellschaft, bei der Cora versichert gewesen war, wollte Bescheinigungen und Bestätigungen, die sich nur schwer beibringen ließen.

Um nicht in Langeweile zu versinken, und weil es Kunden gab, die auf ihre Charterverträge pochten, öffnete sie das Kontor und langsam nahm ihr Alltag Formen an. Es machte ihr zunehmend Spaß, wenn Kunden anriefen und nach freien Terminen fragten. Zunächst sagte sie allen ab, weil sie ja das Geschäft schließen wollte. Aber dann, plötzlich, ertappte sie sich bei „vielleicht" und „Ich rufe zurück" – und dann hatte sie zu ihrer eigenen Überraschung einige neue Verträge geschlossen.

„Verdammter Mist", dachte sie und war überrascht, als sie feststellte, dass sie einen ganzen Tag lang nicht an Paul gedacht hatte.

Schuldbewusst nahm sie ihr Handy und versuchte ihn zu erreichen, aber es gab keine Verbindung. Die Leute im Hafen, die sie alle kannte und die sie zunächst mitleidig angesehen hatten, kamen auf sie zu und boten Hilfe an. Und dann kam das Wochenende.


Paul wurde fast verrückt. Seit gestern hatte er wieder ein gutes Netzsignal in seinem Handy, aber so oft er auch Ninas Nummer wählte, sie ging nicht ran. Was war bloß los in Niendorf? Waren sie doch aufgeflogen? Er überlegte, wen er dort anrufen konnte. „Niemanden!", rief er sich selbst zur Ordnung. „Ich bin ja tot."

Dann musste er sich um die Yacht kümmern, denn zwischen den Kanarischen Inseln gibt es viel Bootsverkehr und endlich lagen die letzten Seemeilen vor ihm. Er umrundete Gran Canaria im Norden und sah bald die Hafeneinfahrt von Puerto Mogan an Backbord voraus. Hier war er schon einmal gewesen und steuerte die *Freya* erst mal in eine freie Box. Ein anderer Segler half ihm mit den Leinen und nickte ihm freundlich zu, als er die deutsche Flagge am Heck sah.

Paul ging unter Deck und holte seinen ... Gerds Pass aus der Reisetasche. Er grunzte zufrieden, als ein Blick in den kleinen Spiegel ihm zeigte, dass sein Gesicht durch den mittlerweile dichten Vollbart dem Foto in Gerds Pass recht ähnlich sah.

Paul ging in die Hafenmeisterei, wo der Commandante nur einen flüchtigen Blick auf das Dokument warf. Er wies Paul, der angab, einige Zeit bleiben zu wollen, einen anderen Liegeplatz zu und kassierte die Gebühr für zwei Wochen im Voraus. Damit war Paul entlassen und er atmete auf, als er wieder in der Sonne stand.

Der kleine Ort und der Hafen wimmelten von gut gelaunten Touristen und er setzte sich erst einmal an einen Tisch vor einem Bistro und entspannte sich etwas. Später verlegte er die *Freya* an den angewiesenen Liegeplatz und gönnte sich ein weiteres Bier. Wenn er nur Nina erreichen könnte! Er öffnete das Handy und versuchte es erneut. Nach dem zehnten Rufzeichen gab er auf.

Nina war hin- und hergerissen. Das Handy piepte und sie sah Pauls Nummer im Display. Was sollte sie ihm sagen?

„Nein, besser ich geh gar nicht erst ran", sagte sie sich. Je länger sie darüber nachdachte, desto absurder kam ihr die ganze Situation vor. Wie ein böser Traum, aus dem sie nun langsam erwachte.

Aber es war kein Traum. Sie hatte ihre Schwester und Gerd umgebracht. Wie war es bloß dazu gekommen? Wegen der Gefühle zu Paul, die sich jetzt als brüchiger erwiesen, als sie es sich je hatte vorstellen können.

Es war ein lauer Samstagabend und sie saß ruhelos vor dem Fernseher. Es lief eine nichtssagende Show und sie spürte ein Kribbeln in sich, das sie aufspringen und aus dem Haus gehen ließ. Ein Stück am Strand entlang. Vorbei an der Niendorfer Trinkkurhalle, vor der eine ziemliche Menschenmenge herumstand.

Sie sah auf ein Plakat. Der Timmendorfer Shanty Chor gab ein Konzert und es war Pause. Die Touristen mochten das.

Weiter bis zur Schwimmhalle und dann ... Auf einer Bank saß ein Liebespaar und küsste sich innig und weltvergessen. In Nina wurde der Hunger übermächtig. Hunger nach Nähe und Liebe, und sei es auch nur für den Moment. Sie drehte um und lief fast nach Hause.

Sie hatte in der vergangenen Woche begonnen, Coras und Pauls Haus auszuräumen, und sie erinnerte sich, dass sie in einem der Kartons, die auf ihrer Terrasse standen ... Im dritten fand sie es. Coras Notizbuch und Dirks Telefonnummer. Sie zitterte, als sie seine Nummer wählte und dann nahm er ab.

Nina blieb bis Montagmorgen bei ihm. Dirk hatte diverse andere Verabredungen, aber er sagte alle ab. Er, der sich immer als *Womanizer* und obercooler Liebhaber, der sich nie auf Gefühle einlassen würde, verstanden hatte, war in die Liebesfalle geraten.

Als er die Tür öffnete und Nina zum ersten Male vor sich sah, prallte er beinahe zurück, weil er Cora vor sich zu sehen meinte. Aber dann war es um ihn geschehen. Ninas sexuelle Gier überraschte ihn und brachte ihn an die Grenze seines körperlichen Vermögens. Es war das erste Mal seit vielen

Jahren, dass er nicht die Tür hinter einer Frau schloss und allein in sein Bett ging, um zu schlafen.

Er schlief in ihren Armen ein und zu seiner grenzenlosen Überraschung war sie am nächsten Morgen noch da. Sie streichelte ihn und sagte „Guten Morgen, Schatz."

Dirk fühlte ein warmes, sehr lange nicht gekanntes Gefühl der Erfüllung und des Glücks in sich.

Während sie unter der Dusche stand, holte er Brötchen, und später liefen sie Hand in Hand durch Travemünde und über den Steilküstenweg nach Brodten. Tranken Bier an der Hermannshöhe und redeten und küssten sich und redeten.

Die zweite Nacht übertraf die erste, und als Nina am Montagmorgen in ihren Wagen stieg, waren sie ein Paar.

Pauls Unruhe war einer gewissen, wenn auch zwiegespaltenen, abwartenden Gelassenheit gewichen.

„Keine Nachrichten sind gute Nachrichten", sagte er sich, was gewöhnlich allerdings nur einige Minuten anhielt.

Er hauste auf der Yacht, in der es nach den nunmehr drei Wochen, die er schon in Puerto Mogan war, unglaublich unordentlich aussah. Die Mahlzeiten nahm er in *José's Bistro* ein, das direkt am Paseo neben dem Hafenbecken lag. Er konnte von dort aus die *Freya* sehen, und in den ersten Tagen war das sehr wichtig für ihn gewesen. Nina würde ja jeden Moment den Pier entlang kommen und ihn suchen.

Warum rief sie nicht an? Warum nahm sie seine Anrufe nicht entgegen? Es musste etwas geben, das sie davon abhielt, aber sie liebte ihn ja, wie er sie liebte, und würde sicher ihre Gründe haben. Unmerklich erhöhte sich Tag für Tag die Alkoholdosis, die er brauchte, um ruhig zu bleiben.

„Das kann nicht sein! Paul?", rief ein kräftiger Mann mit rot verbrannter Gesichtshaut und einem schreiend bunten Hemd. Paul erkannte ihn sofort. Ein Kollege und Segler aus Neustadt, der dort einen Charterbetrieb hatte. Zum Glück war es erst später Vormittag und Paul noch nüchtern genug, um reagieren zu können. Er lächelte den Mann an, der seine hübsche blonde Frau neben sich hatte.

„Sie müssen mich verwechseln, mein Herr. Mein Name ist Gerd Willers, aber das passiert mir oft. Muss wohl ein Allerweltsgesicht haben."

Rolf Hengst wurde unsicher und machte eine entschuldigende Geste. „Ich war mir sicher, in Ihnen einen Bekannten aus Deutschland erkannt zu haben, aber der ... Na, dann entschuldigen Sie bitte. Schönen Tag noch."

Plötzlich ritt Paul der Teufel. Vielleicht war das die Chance, etwas Neues aus Niendorf zu erfahren. „Wollen Sie nicht ein Glas mit mir trinken?", lud er das Paar ein.

„Gern", willigte Hengst ein und rückte seiner blonden Begleiterin einen Stuhl zurecht. José erschien und bald darauf stand ein Kühler auf dem Tisch, in dem eine Flasche Rosado zwischen Eiswürfeln steckte.

„Ich hätte schwören können ...", wunderte sich Rolf Hengst noch immer.

Paul brachte das Gespräch geschickt auf das, was ihn interessierte. Fragte nach, woher die beiden kämen – und: „Was machen Sie beruflich?" und erfuhr, dass seine Tischgefährten nur für einige Tage auf Gran Canaria waren. Schon am nächsten Tag wollten sie in Las Palmas an Bord der *Aidasol* gehen, um eine zweiwöchige Kreuzfahrt anzutreten.

Rolf schüttelte immer wieder den Kopf.

„Der Herr, mit dem ich Sie verwechselt habe ... Er hatte nämlich einen tödlichen Unfall, deshalb war ich so erschrocken", entschuldigte er sich.

„Was ist ihm denn passiert?", fragte Paul möglichst beiläufig über sein Weinglas, und Hengst erzählte alles, was er wusste. „Die Erbin dieses Paul Schrothoff scheint sehr tüchtig zu sein. Sie führt die Geschäfte weiter. Hab sie kurz vor unserer Abreise flüchtig in Niendorf kennengelernt. Wollte ihr ein Übernahmeangebot machen, aber sie hat abgelehnt."

In Paul stieg die Unruhe. Nina führte das Geschäft weiter, anstatt alles aufzulösen und zu ihm zu kommen? Er hielt es nicht mehr aus. Nur weg hier.

„Entschuldigung, aber ich habe noch eine Verabredung", sagte er und stand auf. Man wünschte sich noch einen schönen Urlaub, und Paul ging.

„Ich hätte schwören können ...", sagte Hengst zu seiner Frau und bestellte noch eine Flasche.

Paul rannte so schnell es ging zum Boot. Alle Segler, die in fremde Häfen kommen, gehen die Stege entlang und gucken sich die Yachten an. Er wollte vermeiden, dass Hengst die *Freya* erkannte. Er nahm die deutsche Flagge ab und hängte ein großes Badetuch über den Namenszug am Heck. Kritisch betrachtete er das Ergebnis vom Steg aus, aber dann drehte er zusätzlich mithilfe des Nachbarn das Boot so um, dass nun der Bug zum Steg wies.

Der Bootsnachbar wunderte sich. „War doch vorher viel praktischer", dachte er, zuckte aber die Achseln und trank mit

Paul das angebotene Bier, mit dem der sich für die Hilfe bedankte.

Paul dachte über das nach, was er von Hengst erfahren hatte. Nina, was dachte sie sich bloß dabei? Er beschloss, noch zwei Wochen zu warten. Wenn er bis dahin nichts von ihr gehört hatte ... Er würde es wagen und nach Deutschland fliegen.

September

Ellen Hamann tippte ihren Bericht für die Seaguard-Versicherung auf ihrem Laptop am Küchentisch ihrer kleinen Zweizimmerwohnung in Lübeck. Ab und zu blätterte sie in Elvgaards Bericht und las etwas nach.

Beim letzten Durchlesen vor dem endgültigen Abschluss des Berichts fiel ihr auf, dass das genaue Datum des Auslaufens aus dem Niendorfer Hafen fehlte. Sie hätte auch anrufen können, aber das Wetter war schön und sie bekam Lust auf frische Luft. So speicherte sie den Bericht ab, klappte den Laptop zu und fuhr nach Niendorf.

Der kleine Hafen hatte ihr seit jeher gefallen. Sie sah die neuen Apartment-Häuser, die rund um den Hafen entstanden waren. In einigen Fenstern hingen Plakate „Zu verkaufen".

„Ja, das wäre es", dachte sie und schlenderte zum Büro des Hafenmeisters.

Der wollte gerade abschließen, ließ Ellen aber herein, nachdem sie sich vorgestellt hatte.

„Brauch ich nicht lange nachzusehen", meinte Kalle. „Gab ein großes Trara bei der Ausfahrt."

Er wies auf einen ausgeschnittenen Presseartikel auf seiner Pinnwand. Ellen trat näher und las ihn durch. Ein Foto, das zwei Männer und zwei Frauen zeigte, war abgedruckt.

„Sind die Opfer hier mit drauf?", fragte sie und Kalle zeigte ihr Cora und Paul Schrothoff.

„Muss doch beschwerlich für den Mann gewesen sein, das ewige Rauf- und Runterklettern von Booten, bei der Beinverletzung."

Kalle war neben sie getreten und wies mit dem Finger auf Gerd. „Das hat der gut verkraftet, sonst wär er jetzt nicht auf

Tour." Ellen schüttelte den Kopf. „Nein, nein, Herrn Schrothoff meine ich."

Hafenmeister Kalle sah sie groß an.

„Paul? Der war quietschgesund. Noch nie im Leben im Krankenhaus ..."

Ellen verabschiedete sich vom Hafenmeister und umrundete den Hafen. Am Stand der Klüver-Brauerei kaufte sie sich ein frisches obergäriges Bier und setzte sich auf eine Bank, um in Ruhe nachzudenken. Sie versuchte sich an den Bericht der Odenser Pathologie zu erinnern, trank einen Schluck und dann kribbelte ihr ganzer Körper, wie er früher während ihrer Zeit bei der Kriminalpolizei immer gekribbelt hatte, wenn ...

Sie trank ihr Bier aus und ging erneut um das kleine Hafenbecken. Am Eckhaus prangte das Messingschild *Lübecker Bucht Yachtcharter*, und sie trat ein.

„Einen Moment, ich habe gleich Zeit für Sie", rief eine Frauenstimme.

Ellen sah sich im Vorraum um, der mit Schiffsmodellen und modernen Gemälden, die alle Segelyachten darstellten, dekoriert war. Eine attraktive rothaarige Frau etwa ihren Alters kam aus dem Nebenraum und Ellen erkannte sofort die Frau von dem Pressefoto.

„Ich bin Nina Roth, die Geschäftsführerin. Was kann ich für Sie tun?", fragte sie.

Ellen zog eine Visitenkarte aus ihrer Jackentasche und gab sie Nina.

„Ellen Hamann, Seaguard-Versicherung", stellte sie sich vor. Ellen bemerkte, dass ihr Gegenüber sofort eine vorsichtige Haltung annahm.

„Bitte, setzen wir uns doch. Etwas zu trinken?", fragte Nina und Ellen akzeptierte ein Mineralwasser.

Nina schenkte ihr ein und nahm dann auch Platz. Ellen trank einen kleinen Schluck und fixierte Nina auffällig, etwas, was Leute nervös macht, die etwas zu verbergen haben.

„Nun", sagte Nina und schlug ihre Beine übereinander.

Ellen unterbrach sie. „Ich bin gerade dabei, den Bericht über den … Unfall …Ihrer Schwester und Ihres Schwagers abzuschließen."

Mit Absicht hatte sie vor und nach dem Wort Unfall eine kleine Pause eingelegt und sah mit Genugtuung, dass Ninas Augenlider kurz flatterten. Die Spannung zwischen den beiden Frauen war nun sozusagen zu greifen; Nina konnte ihre Finger nicht unter Kontrolle halten, nahm einen Kugelschreiber und begann damit zu spielen.

Ellen war sich nun ganz sicher. Diese Frau hatte etwas zu verbergen.

„Nichts Besonderes", fuhr sie mit beruhigender Stimme fort. „Die Gesellschaft wird die Schadenssumme für die *Baldur* demnächst überweisen. Wollten Sie nicht zusammen mit Ihrem Lebensgefährten eine Weltreise machen?", fragte sie Nina, die bei den letzten Worten der Versicherungsagentin etwas ruhiger geworden war.

„Ich muss hier erst alles in ruhige Bahnen bringen", antwortete sie. „Vielleicht kann ich dann jemanden einstellen und nachreisen."

Sie wollte jetzt, dass diese Frau Hamann möglichst schnell verschwand, und erhob sich.

„Ich habe noch einen Termin ...", sagte sie, und Ellen nickte und erhob sich ebenfalls.

An der Tür drehte sie sich noch einmal zu Nina, um etwas zu tun, das sie in den alten Columbo-Krimis immer fasziniert hatte. Später auf der Polizeischule hatte sie gelernt, dass das ein bewährter Trick war, denn wenn der Befragte sich bereits in Sicherheit wähnte, rutschte ihm leicht eine Information heraus.

„Wo ist denn Ihr Lebensgefährte jetzt? Interessiert mich nur privat", fragte Ellen und Nina antwortete arglos:

„Gran Canaria. Auf Wiedersehen."

Ellen Hamann lag fast die ganze Nacht lang wach und überlegte. Sie konnte mit ihrem Verdacht zur Polizei gehen, musste das eigentlich sogar. Andererseits reizte es sie unheimlich, den Fall komplett aufzuklären und erst dann den ehemaligen Kollegen alles auf den Schreibtisch zu legen. Lange würde sie nicht warten können. Diese Nina Roth würde ihrer Ansicht nach bald von hier verschwinden und zu ihrem Komplizen nach Gran Canaria reisen.

„Alles klar", dachte sie. Sie ging nach wie vor davon aus, dass der Brand auf der *Baldur* ein Unfall gewesen war und Nina Roth und Paul Schrothoff Nutzen nun irgendwie daraus zogen. Sie las sich nochmals alles durch, was sie von der Seaguard über diesen Fall erhalten und selbst ermittelt hatte. Ihre alte „Polizistenhaut" juckte und sie begann sich zu fragen, was noch hinter diesem „Unfall" stecken mochte.

Ellen Hamann war eine der besten Observiererinnen der Polizei gewesen. Einer der Gründe war, dass sich ihr Äußeres leicht durch Accessoires wie Sonnenbrille, Kopftücher und Ähnliches verändern ließ. Sie hatte beschlossen, etwas mehr über diese Nina Roth herauszufinden, und war vollkommen von dem überrascht, was sie herausfand.

Zwei Tage lang war sie Nina gefolgt, dann wusste sie Bescheid. Wieder wurden Fotos von Dirk gemacht, auf denen er in eindeutiger Situation mit einer Frau zu sehen war, aber diesmal war Nina die Frau und Ellen die Fotografin.

„So ein Biest", dachte sie. „Macht einen Deal mit ihrem Schwager, sackt das ganze Erbe und die Versicherung ein und lässt den jetzt da hängen."

Am nächsten Tag schickte Ellen den Bericht mit dem Fazit „bedauerlicher Unglücksfall" an die Versicherung und teilte mit, dass sie für einige Tage nicht erreichbar sein würde.

Ihr Gefühl sagte ihr, dass sie Paul Schrothoff finden musste, und dann …

„Wir werden sehen", dachte sie.

Es gelang ihr, für den nächsten Tag ein Ticket für den „Air Berlin"-Flug nach Las Palmas zu bekommen.

In holperigem Spanisch, das sie an der Volkshochschule gelernt hatte, telefonierte sie mit einigen Hafenbüros auf Gran Canaria und hatte schon beim dritten Gespräch Erfolg. Nun wusste sie, wohin sie fahren musste.

Ihr Kontostand wies durch den Ticketkauf beträchtliche Ebbe auf, deshalb fuhr sie nicht mit dem Wagen zum Hamburger Flughafen, wo sie horrende Parkgebühren erwartet hätten, sondern nahm sehr früh den Zug. Aber sie wusste, dass sich ihr Leben vielleicht bald ändern würde.

Ellen Hamann hatte nur eine Reisetasche mitgenommen, aber auch die war schwer. Der Flug war ungemütlich gewesen.

Neben ihr hatte eine junge Frau mit einem Baby gesessen, das fast ununterbrochen geplärrt hatte. Die junge, offensichtlich überforderte Mutter hatte es nicht geschafft, das Kind zu beruhigen.

In diesen Momenten war Ellen froh, dass sie keine Kinder bekommen hatte, aber es gab auch andere. Wenn sie intakte Familien sah, Hand in Hand, oder spielende Kinder ...

„Noch ist es nicht zu spät", dachte sie, wusste aber, dass das eine Illusion war. Für Kinder brauchte sie erst mal einen, der einen brauchbaren Vater abgeben würde, und der war nicht in Sicht. Sie seufzte und sah sich um. Ihre Mitpassagiere hatten sich fast alle unter dem Schild der Reiseveranstalter versammelt, die den Transfer zu ihren Hotels übernehmen würden.

„Wie viele Euro nach Puerto Mogan?", fragte sie einen Taxifahrer und die geforderte Summe erschreckte sie. Schließlich gelang es ihr, gegen ein Trinkgeld von einem der Touristenbusse mitgenommen zu werden. Die Fahrt verlief die Küste entlang und der Bus entließ seine Passagiere nach und nach an den gebuchten Hotels.

„Wie schön es hier ist!", dachte sie. Die letzte Station des Busses lag am Ortsanfang von Puerto Mogan. Ellen musste das letzte Stück zum Hafen zu Fuß zurücklegen; die Riemen der Reisetasche schnitten in ihre Schulter. Aber dann war sie auf dem Paseo und tat erst einmal einen Rundblick. Was sie sah, ließ sie lächeln. Der wunderbar angelegte Hafen mit den an Venedig erinnernden Kanälen und Brücken darüber, die fröhliche, unbeschwerte Touristenschar, die sich überall drängelte!

Ellen nahm ihre Tasche auf und setzte sich an einen freien Tisch eines Straßencafés. Sie wollte einen Fruchtsaft bestellen, besann sich aber anders und hatte bald ein wunderbar gekühltes Bier vor sich stehen. Mit jedem Schluck, mit jeder Minute gewann sie eine Gelassenheit, die sie schon lange nicht mehr gekannt hatte.

Der Kellner kam vorbei und Ellen fragte ihn, ob er eine preiswerte Pension wüsste. Er lachte und wies auf das Schild, das über dem Café angebracht war – und zehn Minuten später lehnte sie am offenen Fenster und genoss den atemberaubenden Ausblick auf Hafen und Meer, der sich vor ihren Augen ausbreitete.

Sie stand eine ziemlich lange Zeit so am Fenster und versuchte sich darüber klar zu werden, was sie nun unternehmen sollte, um Paul Schrothoff zu finden. Aber zunächst übernahm ihre Müdigkeit die Führung. Das frühe Aufstehen und das Bier in der prallen Sonne forderten ihren Tribut. Sie legte sich zu einer stilechten Siesta auf das Bett und schlief fast sofort ein.

Ninas Nerven zitterten immer noch, als sie schließlich nach Geschäftsschluss nach Travemünde fuhr, wo Dirk schon auf sie wartete. Sie liebte Dirk, aber sie hatte sich entschlossen, ihm nichts von den Vorgängen vor ihrer Bekanntschaft zu erzählen. Er wusste, dass sie Coras Schwester war und nun nach dem Unfall alles geerbt hatte, aber das war es auch schon. Deshalb konnte sie ihm auch nicht erzählen, dass sie wegen des Besuchs dieser Versicherungsfrau so nervös war. Er hatte für sie gekocht und den Tisch auf dem Balkon mit Blick auf die Trave gedeckt, aber sie stocherte abwesend auf dem Teller herum und trank den schweren Rotwein wie Wasser. Später wollte er sie durch Zärtlichkeiten zum Abschalten bringen, aber sie reagierte nur halbherzig und sie verbrachten den Rest des Abends schweigend vor dem Fernseher.

Paul Schrothoff hatte einen katastrophalen Vormittag gehabt. Er musste sich davon mit einigen Gläsern Wein bei *José* erholen. Am Morgen war er, wie schon einige Male zuvor, bei der Bank gewesen und hatte mit Gerds EC-Karte Geld abheben wollen. Diesmal aber war das nicht gelungen. Ein Text erschien auf dem Display „Carta invalida!"

Er konnte es nicht glauben, nahm die Karte aus dem Schlitz und ging zu einem der Counter. Eine freundliche junge Frau lächelte ihn an. „Señor? A su servicio."

Zum Glück konnte sie recht passabel Deutsch und er erklärte ihr sein Problem. „Momentito ", sagte sie und tippte auf ihrer Computertastatur herum, dann starrte sie angestrengt auf den Bildschirm. Schließlich wandte sie sich mit einer bedauernden Geste an Paul. „Señor Willers, äh, die Computer sagt, Konto ist aufgelöst. Soll ich telefono mit Ihre Bank? Ob ist passiert Fehler?"

Paul starrte sie an. „Nein, danke", stammelte er und verließ die Bank.

„Nina …", dachte er, und ihn beschlich eine düstere Vorahnung. Zum Glück war da noch das Geld im Versteck unter den Bodenbrettern der *Freya*. Dreitausend Euro hatte Gerd dort für den Fall der Fälle deponiert, aber Paul war klar, dass das alles war, was er an Geldmitteln besaß. Jetzt blieb ihm keine Wahl mehr. Er musste nach Hause und herausfinden, was da lief.

Nina war auf den Balkon gegangen, weil sie die Berieselung aus dem Fernseher nicht mehr ertrug. Der starke Rotwein setzte ihr zu, und in ihrem Kopf begann es sich zu drehen. „Ich muss damit aufhören", dachte sie selbstkritisch und schüttete den Rest aus ihrem Glas, das sie mitgenommen hatte, in den Blumenkasten.
Nina sah ein großes, hell erleuchtetes Fährschiff die Trave hinunterfahren. Sie waren mal mit der *Peter Pan* nach Trelleborg gefahren, sie und Gerd. Gerd …
Sie dachte neuerdings immer häufiger an ihn ... und an Cora. Was hatte sie nur getan? War es das wert gewesen? „Nein", dachte sie.
„Bloß nicht dran denken", beschwor sie sich und ging ins Zimmer zurück, wo Dirk im Bademantel vor dem Fernseher saß und die Sportschau ansah. Nina setzte sich neben ihn und strich mit ihrer Hand über seinen Schenkel. Dann kommentierte Jörg Wontorra den unvermeidlichen Foulelfmeter ins Leere, denn Nina hatte Dirk mit sich ins Schlafzimmer gezogen.

Nina war sich klar darüber, dass sie irgendwie mit Paul Kontakt aufnehmen musste. Sie überlegte sich immer neue Strategien, wie sie ihn besänftigen und ihm die neue Lage nahebringen konnte. Sie würde ihm die Hälfte ... nein, nicht die

Hälfte, aber eine Menge Geld anbieten, und hoffentlich würde er verstehen.

„Ich muss zu ihm", dachte sie und hätte fast ein Ticket gekauft, aber dann bekam sie Angst vor dem, was sie in Puerto Mogan erwartete. Nicht davor, dass Paul womöglich ausrasten und ihr etwas antun würde. Sie traute sich selber nicht. Wie würde sie reagieren, wenn sie Paul gegenüberstünde und die alten Gefühle wiederkämen? Sie wollte hierbleiben. Hier und mit Dirk.

Die Tage vergingen und sie wusste, dass sie es nicht länger aufschieben konnte, also setzte sie sich an Pauls Schreibtisch im Büro und nahm einen Bogen Papier aus dem Drucker. Zumindest diesen Brief wollte sie mit der Hand schreiben. Ihre Hand zitterte und sie kaute eine Weile auf dem Kugelschreiber herum. Dann schrieb sie:

„Lieber Paul ..."

Es fügte sich, als wenn jemand Regie geführt hätte. Die Dämmerung hatte eingesetzt und die farbenfrohe Beleuchtung des Hafens und der Gebäude gaben Puerto Mogan einen unbeschreiblichen Charme.

Ellen war nach einem mehrstündigen Schlaf erfrischt und hungrig erwacht. Sie duschte ausgiebig und föhnte ihre blonde Mähne, die ihr bis zu den Schultern reichte.

Der Inhalt ihrer Reisetasche, der jetzt im Schrank verstaut war, ließ ihr nicht viel Wahl und sie entschied sich für ein luftiges buntes Sommerkleid, das sie sich im letzten Herbst beim Sommerschlussverkauf geleistet hatte. Der Kontrollblick in den Spiegel ließ sie lächeln.

„Gar nicht so schlecht für dein Alter", murmelte sie und verließ ihr Zimmer.

Ellen fädelte sich in den Strom der Menschen ein, die den Paseo den Hafenrand entlang flanierten. Blieb ab und zu stehen und studierte Speisekarten. Unter dem Palmenblatt-gedeckten Vordach eines Restaurants wurde gegrillt und der Anblick der Steaks und der verlockende Geruch zogen sie magisch an.

Die Tische waren alle besetzt, aber in einer Ecke saß ein einzelner Mann, offensichtlich ohne Begleitung. Als sie näher kam, um zu fragen, ob sie sich zu ihm setzen dürfte, erkannte sie Paul Schrothoff.

Der Vollbart irritierte sie einen Moment lang. Sie blieb wie angewurzelt im Gang stehen, sodass ein Kellner sie bat, ihn durchzulassen. Er war es. Ihr geschulter Polizistenblick ließ sich nicht täuschen. Sie trat entschlossen an seinen Tisch.

„Entschuldigen Sie, darf ich mich zu Ihnen setzen? Es ist der einzige freie Platz."

Er hatte sie noch nicht bemerkt und sah überrascht auf, als sie ihn ansprach.

„Ja, natürlich", sagte er und stand galant auf, wobei er sie interessiert musterte.

„Danke", sagte sie und ließ sich ihm gegenüber nieder.

Paul musterte sie weiterhin. Sie gefiel ihm. Er mochte sportliche, selbstbewusste Frauen mit nicht zu großer Oberweite, und diese Frau, die sich so überraschend an seinen Tisch gesetzt hatte, passte genau in sein „Beuteschema".

Sie sah ihn leicht amüsiert an.

„Essen Sie ruhig weiter. Lassen Sie sich von mir nicht stören", sagte sie mit leicht rauchiger Stimme, und ihm wurde bewusst, dass er sie angestarrt hatte.

„Oh entschuldigen Sie", sagte er. „Ich hatte schon eine ganze Weile keine so angenehme Gesellschaft mehr."

Ellen lachte. Dann nahm sie die Speisekarte, die der Kellner zwischenzeitlich gebracht hatte, und blätterte darin, während Paul sie immer wieder verstohlen beobachtete.

Sie war unschlüssig. „Was haben Sie da? Kann man das empfehlen?", fragte sie – und dann waren sie mitten in einer Unterhaltung.

Alles lief nach Ellens Plan. Sie flirtete auf Teufel-komm-raus mit Paul, der das gierig aufsog. Bis spät in die Nacht saßen sie an Pauls Stammtisch vor *José's Bistro* und tranken gekühlten Rosado, der Ellen in den Kopf stieg. José war begeistert von ihr und unterhielt sich mit ihr, belustigt von ihrem Volkshochschul-Spanisch, wann immer er vorbei kam.

Ellen merkte, dass sie nun nicht mehr für sich garantieren konnte. Ihr Ziel für heute war mehr als erreicht. Paul und José waren enttäuscht, als sie sich verabschiedete.

„Wir sehen uns morgen", tröstete sie die Männer leicht vernuschelt und war froh, dass ihre Pension nur ein paar Schritte entfernt war.

Die beiden Männer sahen ihr nach.

„Una chica bella ", sagte José anerkennend und Paul nickte.

Er hing bereits am Haken.

„Hallo!"

Paul richtete sich auf. Er hatte mit einem Buch im Cockpit der *Freya* gesessen und war eingedöst. Sie stand auf dem Steg und Paul musste blinzeln, denn die grelle Vormittagssonne stand genau hinter ihr und umstrahlte ihre Gestalt.

„Oh, hallo", antwortete Paul und stand auf. „Möchten Sie nicht an Bord kommen?"

Ellen nahm die Einladung an und Paul eilte nach vorn, um ihr zu helfen. Ellen hätte das leicht selbst geschafft, nahm aber seine Hand, die er auch nicht losließ, als sie schon sicher auf dem Vordeck stand. Lächelnd machte sie sich los.

„Hier entlang", sagte er und sie folgte ihm ins Cockpit der Yacht. „Sie sind nicht das erste Mal auf einem Boot, stimmt's?", fragte er, als er sah, wie sicher sie sich bewegte.

Sie neigte leicht den Kopf. „Mein Mann und ich, wir hatten früher mal ein Boot", log sie.

„Bier oder was anderes?", fragte er.

„Lieber ein Wasser", antwortete sie. „Der Wein gestern hat mich umgehauen."

Paul kletterte nach unten und holte Gläser und eine Flasche Perrier aus der Eisbox.

„Hier im Hafen hab ich Landstrom", erklärte er. „Da gibt's kalte Getränke."

Sie tranken und Ellen sah sich um.

„Schön, hier so auf einem Boot zu leben", sagte sie. „Wie kamen Sie dazu?"

Paul erzählte ihr eine erfundene Geschichte und später gingen sie zusammen spazieren. Der Abend endete wie der vorangegangene in José's Bistro. Später tranken sie Brüderschaft.

„Ich bin Gerd", sagte er.
„Ellen", antwortete sie. Und dann küssten sie sich.

Paul war zu betrunken gewesen, als er in der Nacht an Bord zurückstolperte, um den Brief zu bemerken, der am Schott des Niedergangs lehnte. Erst am Morgen, als er sich endlich aufgerafft hatte und zur Toilette gehen wollte, sah er ihn. Ninas Handschrift!, durchfuhr es ihn. Die Toilette duldete aber keinen Aufschub mehr und so konnte er erst danach den Umschlag aufreißen.
„Lieber Paul", stand da und er las ihn dreimal, ohne ganz zu verstehen, was die Worte bedeuteten.
Er holte sich ein Bier aus der Box und las noch einmal und sein Zorn wuchs.

Ellen wartete schon eine halbe Stunde lang. Sie war nicht beunruhigt, und langweilig war es hier auch nicht. Sie liebte es, die Leute zu beobachten. José brachte noch einen Cappuccino, aber als auch der ausgetrunken war und „Gerd" immer noch nicht erschien, zahlte sie und ging um den Hafen zum Steg, an dem die *Freya* lag.
„Gerd?", rief sie, und sein Kopf erschien im Niedergang.
Er sah verwirrt aus und seine Haare waren verstrubbelt.
„Mir geht's nicht gut", sagte er mit einer entschuldigenden Geste.
„Darf ich trotzdem an Bord kommen?", fragte Ellen, und als er nickte, kletterte sie an Bord.
„Kann ich dir helfen?" fragte Ellen, als sie sah, wie nervös er war.

„Lange Geschichte. Kannst du nicht verstehen", antwortete er. Der Brief lag auf der Sitzbank.

„Lieber Paul", las Ellen, und auf dem Kuvert konnte sie den Absender sehen.

„Oh doch, Paul. Ich verstehe mehr, als dir lieb ist", sagte sie und Paul erstarrte.

Einen Moment sah es aus, als ob Paul sich auf sie stürzen wollte, denn seine Arme spannten sich an und Ellen achtete auf jede seiner Bewegungen. Dann erschlaffte er und setzte sich auf die Cockpitbank.

„Wie – wie hast du mich gefunden", stammelte er. „Bist du von der Polizei?"

Ellen setzte sich neben ihn, hielt die Augen aber fest auf ihn gerichtet.

„Nein, keine Polizei", sagte sie ernst. „Ich ermittle für die Seaguard-Versicherung, aber …"

Sie nahm seine Hand. „Paul, wir sind uns doch recht nahe gekommen gestern. Diese Nina – sie hat dich reingelegt. Wenn du willst … ich kann Dir helfen."

Paul, der annahm, Ellen wüsste alles, und dessen Gewissen längst übergelaufen war, erzählte die ganze Geschichte und Ellen ließ sich das Grauen, das selbst sie überlief, als er von der Nacht auf Birkholm berichtete, nicht anmerken. Als er geendet hatte, nahm er den Brief auf und warf ihn wieder auf die Bank.

„Sie hat es sich anders überlegt", flüsterte er. „Lies, wenn du willst."

Ellen nahm den Brief und las. Kein Wort von Dirk stand darin.

„Sie will dir zweihunderttausend Euro geben", sagte sie gedehnt, als sie am Schluss anlangte.

„Warte hier, ich muss dir etwas zeigen", sagte sie und wollte aufstehen.

Paul drückte sie an der Schulter zurück aufs Polster.

„Du holst doch nicht die Polizei?", fragte er heiser.

„Nein, Paul. Bitte vertrau mir", sagte sie und Paul ließ sie los. Sie lief in die Pension und holte den Umschlag aus der Reisetasche. Zehn Minuten später war sie zurück. Paul saß immer noch so da, wie sie ihn verlassen hatte. Er hatte eigentlich damit gerechnet, dass sie mit der Guardia Civil zurückkommen würde.

„Du willst mich wirklich nicht verpfeifen?", fragte er unsicher. Ellen öffnete den Umschlag und gab ihm die Fotos. Zum zweiten Mal in kurzer Zeit sah Paul eine Frau, die er geliebt hatte, in den Armen desselben Mannes. In seinem Kopf drehte sich alles und er lachte hysterisch.

Nach einer Weile beruhigte er sich etwas und erzählte Ellen von den Fotos, die Nina damals von Cora und Dirk gemacht hatte.

„Ich hab die noch", murmelte er und suchte sie in den Schubladen.

Ellen blieb der Mund offen, als sie sah, dass die Fotos fast identisch waren, nur, dass verschiedene Frauen in Dirks Armen lagen.

Sie tranken viel Wein an diesem Tag, und als es dunkel wurde, schliefen sie in der Vorschiffkoje der *Freya* miteinander. Paul mit Zorn, fast ein bisschen brutal, und Ellen mit dem Hunger einer Frau, die lange keinen Mann mehr gehabt hatte.

Später, als sie erschöpft nebeneinander lagen, sagte Ellen: „Sie, ich meine Nina, hat mehr als eine Million aus der

Lebensversicherung, dem Hausverkauf und der Versicherungssumme für die *Baldur* kassiert. Ich glaube, das mit diesem Dirk lief schon, bevor ihr damals losgefahren seid." Paul schwieg, aber sie fühlte, wie sich seine Fäuste auf ihrem Bauch ballten. Sie richtete sich auf und sah ihn an.

„Was hältst du davon, wenn wir uns das Geld holen? Jedenfalls den größten Teil. Aber ohne mich schaffst du das nicht. Halbe/halbe?"

Paul sah sie überrascht an.

„Du willst wirklich mit mir ...? Du könntest doch auch einfach die Belohnung kassieren."

„Pah", antwortete Ellen. „Fünf Prozent, wenn's hoch kommt. Und die muss ich versteuern, außerdem ..."

Sie vollendete den Satz nicht, sondern begann Pauls bestes Stück zu reanimieren und sie hatte Erfolg.


Ellen hatte recht behalten. Sie waren nicht kontrolliert worden, weil die Kanaren zu Spanien und damit zur EU gehörten. Paul hatte trotzdem Nerven gezeigt, als sie im Flughafen Las Palmas die oberflächliche Kontrolle durchliefen, und Ellen musste ihn energisch an die Hand nehmen, um ihn zum Weitergehen zu bewegen.

Hamburg empfing sie mit strahlendem Wetter. Sie nahmen den Zug nach Lübeck und kamen bald darauf in Ellens kleiner Wohnung an. Paul sah sich in der ziemlich unordentlichen Zweizimmerwohnung um, und Ellen, die seinen Blick bemerkt hatte, nahm ihn in den Arm.

„Ich hatte keinen Sinn mehr für *Schöner Wohnen*, nachdem meine Ehe geplatzt war, verstehst du das?"

Paul nickte nur. Sie gingen etwas essen und später in eine Kneipe, wo sie einen Platz in einer Nische fanden. Ellen fühlte seine Niedergeschlagenheit und versuchte ihn aufzumuntern. „Wenn alles vorbei ist, suchen wir uns eine schicke Wohnung oder eine Finca auf den Kanaren. Muss ja nicht Gran Canaria sein, wo sie uns zuerst suchen würden, falls Nina doch mal plaudert. Lanzarote ist schön oder Teneriffa."

Paul nahm einen großen Schluck Bier. „Das zapfen die einfach besser hier", meinte er dann.

„Ja, Teneriffa", sagte er dann und ließ das ein bisschen im Raum stehen.

Sie hatten schon alles besprochen. Wie sie vorgehen würden, Nina einschüchtern und erpressen. Das Heikelste würde die Übergabe werden, denn Nina hatte ja bewiesen, dass auch sie sich Überraschungen ausdenken konnte. Später, beim dritten Bier, kamen sie überein, dass es besser wäre, eine Waffe zu haben.

„Wie kommen wir an so was ran?", fragte Paul beklommen und Ellen lachte. „Das können wir jetzt gleich erledigen. Kostet aber fünfhundert Piepen, ungefähr."

Paul dachte an die schwindenden Reserven in seiner Brieftasche, sah aber ein, dass so was nicht umsonst zu haben war. Sie fuhren in Ellens altem Polo ein Stück die A 1 in Richtung Hamburg hinunter und bogen bei Reinfeld auf den großen Autohof-Rastplatz ab, wo Reihe neben Reihe die Fernlastwagen ihre Ruhepause abhielten.

Ellen hielt an der Raststätte, wo selbst zu dieser nachmitternächtlichen Stunde reges Leben herrschte. Männer in überwiegend karierten Hemden, aufreizend gekleidete

Frauen, die diese Männer ansprachen. Paul hatte das schon in Krimis gesehen.

„Komm mit", sagte Ellen und sie gingen durch die Reihen der Lastwagen. Ellen studierte im Vorbeigehen die Nummernschilder und blieb dann hinter einem heruntergekommenen Lastzug mit weißrussischem Kennzeichen stehen.

„Der hier. Aber du musst verhandeln. Mit Frauen reden die nicht. Lass dich nicht abwimmeln."

Paul sah sich unsicher um. Alles ruhig. Er ging zum Führerhaus, aus dem ein mattes Licht drang. Der Fahrer hatte sich auf seiner Liege hinter den Sitzen ausgestreckt und den Vorhang geschlossen. Paul klopfte an die Tür. Ein unwilliges Knurren in einer harten slawischen Sprache erklang. Der Vorhang wurde aufgerissen und der kantige Kopf eines großen Mannes erschien.

„Was wollen? Ich müde. Nix Nutte!", rief er.

„Ich ... ich will mit Ihnen reden", sagte Paul heiser.

„Warten", befahl der Fahrer und kletterte bald darauf aus seinem Führerhaus.

„Na, was ist", knurrte der Mann, der sich vorsichtig umsah. Dann spannte sich seine Miene. „Du Polizei? Zoll?", fragte er unsicher und entspannte sich, als Paul verneinte.

„Oleg schickt mich", sagte er unsicher.

Nun kam es darauf an. Ellen hatte während ihrer Dienstzeit bei der Polizei in diesem Milieu zu tun gehabt und damals hatte Oleg hier auf dem Rastplatz das Sagen gehabt. Damals.

Ellen beobachtete die Szene von ihrem Platz hinter dem Trailer aus und atmete erleichtert auf, als sie sah, wie der Fahrer reagierte. Offensichtlich hatte Oleg hier immer noch das Zepter in der Hand. Der Fahrer verschwand im Führerhaus, und als er wieder herauskam, sah Ellen, wie er Paul etwas übergab und dafür das Geld bekam.

„Gehen!", sagte der Fahrer zu Paul und schloss die Tür hinter sich. In Ellens Polo nahm Paul die Waffe aus seiner Jackentasche. Ellen faltete das schmierige Tuch auseinander, in das sie gehüllt war.

„Makarov", sagte sie dann und überprüfte sie geschickt. Ließ den Verschluss aufspringen und sah durch den Lauf. Dann nahm sie das Magazin aus dem Griffstück.

„Neun Millimeter. O. k., das hätten wir. Kannst du damit überhaupt umgehen?", fragte sie Paul.

„War beim Bund", sagte er und sie nickte.

Oktober


Nina wartete darauf, dass Paul sich bei ihr meldete. Er musste den Brief schon vor mindestens zwei Wochen bekommen haben. Sie wollte das alles endlich hinter sich bringen. Ihm sein Geld geben und vergessen, was geschehen war.

Sie erkannte die Frau sofort wieder, die in ihr Büro trat.

„Kann ich noch etwas für Sie tun? Die Versicherung hat doch längst bezahlt."

Die Frau nahm unaufgefordert Platz und fixierte Nina mit einem spöttischen Lächeln.

„Paul schickt mich", sagte sie dann.

Nina fühlte eine eiskalte Hand um ihr Herz greifen, als Ellen Hamann ihr die Forderung Pauls überbrachte.

„Sie wandern für ewig in den Bau", sagte die Frau. „Besser, Sie zahlen, auch wenn wir die Summe ein bisschen zu unseren Gunsten geändert haben. Achthunderttausend! In drei Tagen. Wie Sie das machen, ist uns egal. Rufen Sie mich an, wenn Sie das Geld haben. Bar und verschiedene Stückelungen. Nicht nur große Scheine."

Nina starrte auf den Zettel mit der Handynummer auf dem Tisch. Sie war drauf und dran Dirk einzuweihen. Die Situation wuchs ihr mehr und mehr über den Kopf und sie wünschte sich jemanden, mit dem sie reden konnte, der ihr einen Rat geben konnte.

Ihr blieb keine Wahl, sie musste zahlen. Zum Glück hatten Paul und diese Ellen ein wenig unterschätzt, wie viel Geld sie hatte, und das erleichterte es etwas für sie. Ja, sie würde zahlen, und nein, Dirk würde nie etwas erfahren.

Die Bankangestellte war etwas erstaunt darüber, dass Nina so viel Geld abheben wollte, aber Nina erklärte ihr, dass sie ein Immobiliengeschäft mit „schwierigen alten Leuten" abschließen wollte, die auf Bargeld bestanden. Die Angestellte fragte ihren Vorgesetzten, der lachte und bestellte das Geld bei der Hauptstelle.

„Morgen früh können Sie es abholen, gnädige Frau", sagte er zu Nina und sah ihr anerkennend auf den Hintern, als sie die Filiale verließ.

Im Büro angekommen, zögerte sie es so lange wie möglich hinaus, dann rief sie Ellen an.

„Aber dann höre ich nie wieder von Paul oder Ihnen, eher stelle ich mich der Polizei und lass Sie auch hochgehen", sagte Nina.

„Kommen Sie mit dem Geld zur Autobahnraststätte kurz vor Neustadt, die kennen Sie doch sicher?", wurde ihr gesagt.

Ellen hatte schon darauf gewartet, dass das Prepaid-Handy, das sie später wegwerfen würde, endlich klingelte.

Ihre Hände waren schweißnass, als sie das Gespräch beendete.

*Endlich keine Geldsorgen mehr*, dachte sie und fuhr mit ihrem Polo zum vereinbarten Treffpunkt, wo Paul schon in einem Leihwagen saß, die geladene Pistole neben sich und bereit einzugreifen. Wenig später parkte Nina den MX-5 neben Ellens Polo, stieg aus und reichte Ellen eine schwarze Ledertasche ins Auto.

Ellen schwieg und zählte oberflächlich das Geld.

„Stimmt schon", knurrte Nina. „Und jetzt lassen Sie mich in Ruhe und verschwinden."

Ellen kurbelte das Seitenfenster das Seitenfenster hoch und ließ den Motor an. Sie setzte zurück und fuhr in Richtung Lübeck davon. Nina sah ihr unschlüssig und mit düsterer Miene nach.

Paul hielt es fast nicht mehr auf seinem Sitz. Er starrte Nina an. Es war das erste Mal, dass er sie sah, seit dem er sie auf Helgoland abgesetzt hatte. Er sah, wie Ellen das Geld zählte, während Nina sich unruhig umsah. Paul war wütend darüber, dass sie jetzt Coras MX-5 fuhr, wahrscheinlich ohne einen Gedanken daran zu verschwenden, dass sie für ihren Tod verantwortlich war.

Vielleicht hatte sie von Anfang an geplant, ihn zu hintergehen. Was hatte sie nur dazu getrieben, sich mit dem gleichen Mann einzulassen, der auch der Liebhaber Coras gewesen war?

In ihm brannte der Wunsch, ihr noch einmal gegenüberzutreten. Ihr zu sagen, was für eine Enttäuschung sie für ihn war, was für ein menschliches Schwein. Diese Frau hatte er abgöttisch geliebt – und jetzt? Der Hass ließ ihn zittern. Er sah die Pistole auf dem Beifahrersitz. Als er abermals in ihre Richtung blickte, war Nina schon eingestiegen und der blaue Sportwagen reihte sich in die Autoschlange auf der Autobahn ein.

„Aber wenn die das Gepäck doch kontrollieren?" Paul sah zu, wie Ellen die Geldbündel zwischen den Kleidungsstücken in ihrem Koffer verteilte.

Sie hatte ihn davon überzeugt, dass es sicherer wäre, das Geld in ihrem Koffer zu verstauen, weil das Gepäck von Frauen nachweislich seltener kontrolliert werde.

„So viel Bargeld auszuführen ist anmeldepflichtig", hatte sie ihm gesagt. „An aufgegebenem Gepäck lassen sie Rauschgift- und Sprengstoffspürhunde schnüffeln. Geldspürhunde gibt's nicht."

„So", sagte Ellen, als sie den Koffer sorgfältig abgeschlossen hatte. „Ich gebe das Gepäck schon heute Abend auf und check uns ein. Dann haben wir es morgen nicht so eilig. Ich mach uns mal einen Kaffee."

Ellen verschwand in der Küche. Auf dem Tisch lag ein Stapel Papiere und auf dem obersten Blatt stand „Untersuchungsbericht Segelyacht *Baldur*". Paul zog ihn zu sich heran und wollte gerade beginnen zu lesen, da nahm Ellen, die leise hereingekommen war, ihm den Hefter aus der Hand.

„Das braucht keiner mehr. Vergiss das alles."

Sie legte die Papiere auf das Regal und küsste ihn.

„Ich fahr dann mal", sagte sie wenig später. Die drei Koffer waren im Polo verstaut. Sie hatte ihm erklärt, dass sie unbedingt noch mal ihre alte Tante in Hamburg besuchen musste.

„Hast du alles?", fragte er, und sie sah noch mal nach.

„Ja, Tickets, Pässe ... alles da. Bin gegen neun zurück. Tschüss, Schatz."

Sie küsste ihn und fuhr los. An der Ampel musste sie halten und sah ihn im Rückspiegel auf dem Gehweg stehen.

„Na ja, mein Lieber, du weißt ja, wo der Bericht liegt."

Grün!

Sie legte den ersten Gang ein und fuhr an.

Paul las und fand, was er finden sollte. Kopien der Fotos und Dirks Adresse. Er hatte den Leihwagen schon zurückgegeben und fuhr mit dem Bus nach Travemünde, ungeduldig darüber, wie lange das dauerte.

Es war nicht weit vom Strand-Bahnhof Travemünde, der Endstation des Busses bis zum Hellberg. Der blaue MX-5 stand in einer Parkbucht und Paul atmete tief durch. Er konnte so nicht abfahren, musste ihr einfach sagen, was er von ihr hielt. Die Haustür öffnete sich und eine ältere Dame mit Hund trat heraus. Paul hielt ihr die Tür auf und die alte Frau lächelte ihn an.

„Lornsen 4. Stock" hatte auf dem Klingelschild gestanden. Ihm schwindelte. Hier war Cora entlanggegangen. Wie oft? Hier trieb es Nina mit diesem ...

Eine weiße Tür ohne Spion. Niemand im Flur zu sehen. Er klingelte dreimal, dann öffnete sich die Tür und dieser Dirk stand da im Bademantel. Paul ließ seinen Gefühlen freien Lauf, er konnte nicht anders in diesem Augenblick. Seine Faust traf Dirk am Auge, ließ ihn aufschreien und zurücktaumeln. Paul trat ein und schloss die Tür.

Dirk krümmte sich vor Schmerz.

„Was ... wollen Sie", keuchte er.

„Paul!"

Nina stand in einer Zimmertür und starrte ihn mit schreckgeweiteten Augen an.

Paul sah sie wie durch Wolken. Sie hatte nur ein Negligé an.

„Ihr Schweine", keuchte Paul und dann lagen Nina und Dirk vor ihm und bluteten.

Die Makarov in seiner Hand fühlte sich tonnenschwer an.

„Klick, klick, klick." Immer wieder betätigte er mechanisch den Abzug, aber das Magazin war längst leer geschossen.

Rufe auf dem Flur ...

Paul kam zu sich, warf die Pistole auf den Boden und rannte aus der Wohnung. Ein alter Mann stand da und starrte ihn an.

„Verzeihung", sagte Paul und rannte die Stufen des Treppenhauses herunter.

Er kam erst wieder zu sich, als er im abfahrbereiten Vorortzug nach Lübeck saß. Er keuchte immer noch, und als der Zug sich langsam in Bewegung setzte, hörte er die ersten Polizeisirenen.


Ellen hatte keine Tante. Sie fuhr direkt zum Flughafen. Sie studierte den Flugplan für den nächsten Morgen und suchte den Schalter der *British Airways*.

„Guten Flug", wünschte der Angestellte.

Eine Viertelstunde später stand sie in der kurzen Schlange vor dem *Air Berlin*-Schalter und, als sie eingecheckt hatte, bekam sie zwei Sitzplatzkarten. Die Koffer kamen auf das Laufband und die Angestellte klebte die beiden Gepäckabschnitte in Ellens Ticketheft. Dann fuhr sie zurück nach Lübeck.

Ellen erreichte kurz vor zehn die Abfahrt Lübeck-Moisling, wo sie abbiegen musste. Ein Jingle im Radio. „Hier sind die RSH-Nachrichten. In Travemünde hat sich am Abend ein Doppelmord zugetragen. Die Kriminalpolizei ermittelt. Der Täter ist flüchtig."
Ellen schaltete das Radio aus. *Tatsächlich*, dachte sie und fühlte sich schuldig.

Sie waren beide übernächtigt. Ellen hatte noch einmal zur Tankstelle gehen und Cognac holen müssen. Das und zwei Beruhigungstabletten hatten Paul in einen relativ willenlosen Zombie verwandelt, der den Rest der Nacht neben ihr auf dem Sofa verbracht hatte.
Als es Zeit war, hatte sie starken Kaffee gekocht und wider Erwarten war Paul nun ruhig und sah zumindest äußerlich normal aus. Ellen half ihm, die schwarze Perücke aufzusetzen, die sie sich für eine verdeckte Ermittlung besorgt, aber niemals gebraucht hatte.
„Zur Sicherheit", sagte sie und er ließ es über sich ergehen. Er schwieg auf der Fahrt nach Hamburg und sie war froh darüber.
Sie parkte den Polo in der Preetzer Straße in der Nähe des Flughafens. Irgendwann würde ihn ein Abschleppunternehmen abholen.
„Steck die Pistole ein", sagte Ellen und reichte Paul die Waffe, die sie gestern Nacht aus seiner Jackentasche genommen hatte. „Nur eine Vorsichtsmaßnahme."
„Was soll ich damit?" murmelte Paul und vermied es, die Mordwaffe anzusehen.

„Falls die Polizei den Flughafen schon überwacht, ist die Waffe deine einzige Chance, um zu entkommen."

„Wer sagt dir, dass ich das will?"

Ellen starrte ihn ungläubig an. „Wir wollen ein neues …"

„Halt den Mund!", fuhr er sie an. „Neu anfangen …" Er fing an zu kichern und Ellen wartete, bis er sich wieder gefangen hatte.

„Ich habe Nina getötet, ohne sie ist mein Leben wertlos, leer …", flüsterte er mit rauher Stimme.

Ellen packte ihn am Arm. „Und was ist mit uns?"

„Du hast doch bekommen, was du wolltest. Glaubst du, dass ich nicht begriffen habe, dass es dir immer nur um das Geld ging und niemals um mich."

Paul sah ihr ins Gesicht. Ellen öffnete den Mund, doch er unterbrach sie mit ruhiger Stimme.

„Spar dir deine Lügen. Wenn wir hier rauskommen, gehen wir getrennte Wege, ich will dich nie mehr wiedersehen. Und wenn ich es nicht schaffe …"

Ellen hielt den Atem an. Die Sekunden verstrichen wie Stunden. „Was dann?" fragte sie leise.

„Gib mir die Pistole!", sagte er barsch.

„Was hast du vor?" Was sollte sie machen, wenn er jetzt durchdrehte? Sie umklammerte den Griff der Waffe.

„Sie werden mich nicht ins Gefängnis stecken."

Ellen schluckte. „Hör auf, Paul, ich mag dich wirklich, wir sollten es miteinander versuchen."

Er lachte trocken auf. „Ich habe wirklich geglaubt, mit dir neu anfangen zu können. Doch jetzt ist Nina tot ..."

„Paul, du machst mir Angst …"

„… weil du im Gefängnis landen könntest, wenn sie mich lebend kriegen und ich dein kleines Geheimnis verrate?" Er starrte sie mit schmalen Augen an. „Kein schöner Gedanke, was?"

Ihre Hand, die die Waffe hielt, schwitzte, der Zeigefinger am Abzug vibrierte.

„Paul …?"

„Sollten sie im Flughafen auf mich warten, dann hau mit dem verfluchten Geld ab und versuche, damit glücklich zu werden."

„Paul … ????"

„Du musst mir vertrauen, es bleibt dir nichts anderes übrig. Wir gehen getrennt rein und sehen uns im Flugzeug wieder. Oder auch nicht …"

Sie sahen sich sekundenlang schweigend an. Ellen reichte ihm die Waffe. „Lass uns gehen, sonst verpassen wir den Flug."

Der Warteraum vor Gate B22 war schon gut gefüllt, obwohl noch über eine Stunde bis zum Boarding vergehen würde. Ellen holte sich einen Kaffee Sie beobachtete Paul aus der Ferne, wie er zusammengesunken auf seinem Sitz saß und brütend vor sich hin starrte. Er war ein gebrochener Mann. Ihr Verstand arbeitete auf Hochtouren. Konnte sie Paul glauben, dass er sie nicht verraten würde?

Die Waffe, die in seiner Jackentasche steckte, zeichnete sich deutlich ab und Ellen zögerte keine Sekunde.

„Sehen Sie den Typen mit den schwarzen Haaren, der dort drüben auf der Bank sitzt?", fragte sie den Mann im Nadelstreifenanzug, der neben ihr stand.

„Was ist mit dem?", fragte er unwirsch.

„Ich glaube, der hat eine Waffe in der Jackentasche."
Ungläubig sah er erst Ellen an, schaute dann mit zusammengekniffen Augen zu Paul hinüber.
„In der linken Tasche."
Der Mann sog hörbar die Luft ein. „Wie soll der die denn durch die Sicherheitsschleuse bekommen haben…, aber Verdammt, ich glaube, Sie haben Recht."
„Was machen wir jetzt?"
Er sah sich um. „Dort hinten steht ein Sicherheitsbeamter", sagte er und setzte sich in Bewegung.
Als er ihn erreicht hatte, drehte Ellen sich um und begann zu laufen, denn die Zeit wurde knapp.
*B14* ... Da war es.
„Sie können schon einsteigen", sagte die Bodenstewardess. und Ellen ging an Bord des Airbusses nach London, in dessen Laderaum der Koffer mit dem Geld lag, den sie am Vorabend eingecheckt hatte.

Paul bemerkte nichts von den Dingen, die um ihn herum geschahen. Immer wieder tauchte Ninas Gesicht vor seinen Augen auf. Ihr schöner Mund, zum Schrei geöffnet …
Das Klicken der Handschellen riss ihn aus diesem Albtraum. Eingehüllt in seinen Schmerz begriff Paul überhaupt nicht, was geschehen war. Er
ließ sich widerstandslos abführen. Sein Zustand ließ auch keinen Widerstand zu.
Den ganzen Vormittag über wurde er verhört, aber er schwieg und Weinkrämpfe ließen ihn sich minutenlang schütteln.
„Hat jetzt keinen Zweck", sagte Kommissar Rehder, der den Fall übertragen bekommen hatte.

„Wachtmeister, bringen Sie den Herrn in die Zelle. Soll sich erst mal ausschlafen."

Die massive Tür der Arrestzelle schloss sich hinter Paul Schrothoff, der sich auf das eiserne Bett setzte. Die knapp fünf Quadratmeter große Zelle enthielt nur einen Holzstuhl, einen kleinen Tisch und das Bett, auf dem eine gefaltete Wolldecke und ein Kopfkissen lagen. Fast unter der Decke gab es ein kleines Fenster, durch das fahles Licht fiel.

Dicke Eisenstäbe machten deutlich, dass dies kein Ausweg war, aber für Paul war es der Ausweg. Langsam, aber methodisch begann er den Bezug vom Kissen zu ziehen und der Leinenstoff ließ sich erstaunlich leicht in Streifen reißen. Mit tausendfach geübten Seemannsknoten verband er die Streifen und machte eine Schlinge.

Er stieg auf den Stuhl und verknotete das freie Ende seines improvisierten Seils am Gitter. Einen Moment zögerte er ... dann legte er sich entschlossen die Schlinge um den Hals und stieß den Stuhl um.

Kommissar Rehder hatte mit seinem Lübecker Kollegen telefoniert, der für den Doppelmord in Travemünde zuständig war. Die anonyme Anruferin hatte auf die Täterschaft Schrothoffs in diesem Fall hingewiesen.

„In Ordnung. Ich lasse den Häftling an Sie überstellen", verabschiedete sich Rehder, der froh war, den Fall so schnell loszuwerden. Die beiden Polizisten, die die Zelle öffneten, um Paul Schrothoff abzuholen, prallten zurück, als sie den Erhängten fanden.

Und Rehder fluchte, denn jetzt gab es Ärger, weil er den Zustand des Verhafteten falsch eingeschätzt hatte.

Der Airbus 319 der British Airways setzte hart auf der Rollbahn des Flughafens London Heathrow auf. Ellen wurde in die Gurte geworfen, war aber froh, dass dieser Teil des Fluges vorbei war.

Mit den anderen Fluggästen verließ sie das Flugzeug und war verwirrt wegen der unübersichtlichen Ausschilderung. Schließlich wandte sie sich an eine Hostess.

„Please, the flight to Miami?", fragte sie und die Bodenstewardess lächelte und wies ihr den Weg.

Die Umsteigezeit war knapp und Ellen war froh, dass das Gepäck automatisch umgeladen werden würde. Als sie am Gate ankam, hatte sie noch eine halbe Stunde Zeit und sie gönnte sich einen Prosecco.

Die Kellnerin, die im Stress war, wurde etwas ungeduldig, weil Ellen nicht genug Geld in ihrer Geldbörse hatte und erst umständlich einen Schein aus dem großen Packen ziehen musste, den sie unten in ihrer Handtasche verstaut hatte.

Zwanzigtausend ... für alle Fälle.

Sie dachte mit ein wenig Unbehagen daran, was Paul wohl über ihren Anteil an der Geschichte aussagen würde. Dann war es Zeit, einzusteigen, und als der Jumbo den Boden verließ, war Ellen sich bewusst, dass sie ihre Vergangenheit hinter sich zurückließ.

Ihre Zukunft befand sich in dem Koffer, den sie im Gepäckraum unter sich verstaut glaubte.

„Verdammter Mist", knurrte der Vorarbeiter in der Gepäcksortieranlage des Flughafens. Wieder einmal war ein Koffer vom Band gefallen und hatte sich teilweise geöffnet. „Halim!", rief er einem der Arbeiter zu, der aufsah und gehorsam herankam.

„Verschließ den wieder und sieh zu, dass er noch auf den Flug nach Miami geht."

„Yes, Sir", sagte Halim, der noch nicht lange in England war.

Er ärgerte sich, dass die Pakistani hier oftmals wie Untermenschen behandelt wurden. Zu Hause hatte er studiert und wäre jetzt Lehrer, wenn er nicht aufgemuckt und gegen das Regime demonstriert hätte. Jetzt war er Gepäcksortierer und musste froh darüber sein.

Halim nahm den Koffer mit in einen Nebenraum, auf dem es stählerne Packtische gab. Er las den Anhänger „Ellen Hamann. Flug Ba773 nach Miami." *Irgend so ein Luxusweib*, dachte er wütend. Eigentlich hätte es gereicht, einige Tapestreifen um den Koffer zu kleben, aber da niemand im Raum war ...

Halim hob den Deckel an. Und dann war er reich.

Langsam setzte die Dämmerung ein.

Gleich würde die untergehende Sonne im Meer versinken und dann würde es schnell dunkel werden. Sie saß auf der Terrasse eines Restaurants am Strand von Key West, in dem angeblich Ernest Hemingway schon zu Gast gewesen war. Dort wo die rote Sonnenscheibe das Meer zu berühren schien, lag irgendwo Kuba. Der Kellner kam von dort und er gefiel ihr. Vielleicht ...

„Noch einen Wein, Rico!", rief sie und hoffte, dass die Fluggesellschaft mittlerweile wie versprochen ihren Koffer im Hotel abgegeben hatte.

Dann würde man sehen.

Hallo,

Hat ihnen dieses Buch gefallen? Sind sie gespannt, wie es weitergeht mit Ellen Hamann? Dann lesen sie:

**Madonnengrab**  Die Fortsetzung von Schöne Schwester Tod
Ein Lübecker-Bucht-Krimi
BOD ISBN 9783732281268

Weitere Bücher:

**Pedder Carstens Kapitän des roten Adlers**
Ein historischer Seefahrer-Roman
BOD ISBN 978837023756


**Schiff ohne Heimat**
Ein historischer Seefahrer-Roman
Fortsetzung von Pedder Carstens
BOD ISBN 9783842347922